# KELTISCHE HELDENSAGEN

Aus dem Englischen:

"THE TANGLE - COATED HORSE"

and other Tales

Episodes from the Fionn Saga

by

ELLA YOUNG

übersetzt von

Maria Christiane Benning



J. Ch. Mellinger Verlag, Stuttgart

Die erste Auflage erschien 1956 im Are-Verlag, Ahrweiler.
Den Einband der 2. Auflage gestaltete Johannes Walter, Graphiker, Stuttgart

2. Auflage


ISBN 3-88069-183-5

ELLA YOUNG

# Keltische Heldensagen

## QUELLEN:

Originale dieser Geschichten sind zu finden in: „Silva Gaedelica“ (Standish Hayes O’Grady); „Legendary Fictions of the Irish Celts“ (Kennedy); „Leabhar na Feinne“ (MacInnis); „The Red Woman“ („The Shinning Beast“) in „Sgealuidhe Gaedhealach“ (Dr. Douglas Hyde); „Fionn and the Phantoms“ („The House in the Valley“) in „Revue Celtique“ (Kuno Meyer); „The Daughter of King Under Wave“ in „Popular Tales of the Western Highlands“ (Campbell). In manchen Fällen ist eine Version dem Werke Lady Gregory‘s: „Gods and Fighting Men“ entnommen.

Ella Young

# VORWORT

Die Fionn-Sage ist eine der ältesten und merkwürdigsten der gälischen Sagen, sie ist auch eine der bekanntesten. Bis zum heutigen Tage ist „Finn McCool“ im gälisch sprechenden Schottland und in jedem Teil Irlands ein Familienname. Ist dort irgendwo eine tiefe Schlucht, so ist er darübergesprungen; liegt dort ein riesiger Stein, so ist es einer, den er einst über seine Schulter geworfen hat. Ist irgendwo eine Kluft in einem Bergesrücken, so hat er die Erde dort herausgehoben. Er ist riesengroß in der Phantasie der alten Leute und der Kinder. Geschichtenerzähler können lange Gedichte rezitieren in schwierigem Versmaß über Fionn und Usheen und Keeltya und die anderen.

Mancherorts - es ist ein Kummer, das aussprechen zu müssen - haben die Leute Cu-Chulainn vergessen, sie könnten einem nicht einmal den Namen des Sonnengottes, Lugh des Langhändigen, nennen, immer aber wissen sie eine Geschichte oder zwei über Fionn. Manche Kinder, dessen bin ich sicher, kennen auch eine Geschichte über ihn, oder zwei. Diese und einige mehr - so hoffe ich - werden froh sein, von ihm in diesem Buch zu hören.

Halcyon, California — Ella Young

21. November 1928

# DIE NACHT DER NÄCHTE

# Die Nacht der Nächte

Ein Knabe saß unter einem Eichenbaum im Walde. Sonnengebräunt waren sein Gesicht und sein Körper, denn die Hirschfell-Tunika bedeckte ihn nur spärlich. Seine blauen Augen hatten einen steten, klaren Blick, gleich den Augen eines Habichts, und seine dichte Mähne war von einem leuchtenden Rot-Gold. Er bearbeitete ein Hirschfell mit einem glatten, gerundeten Stein, es geschmeidig zu machen; vielleicht für eine Tunika oder für ein Paar Riemenschuhe. Er war wachsam wie ein Tier des Waldes, dieser Knabe - das Knacken eines Zweiges ließ ihn aufspringen und lauschen wie ein junges Reh. Ein hochgewachsenes Weib mit tiefgefurchtem Antlitz und schwarzem Haar, in dem schon manche Strähne ergraut war, kam zwischen den Bäumen auf ihn zu.

„Fionn“, sagte es, „mein Lieber, ist das Fell stark?“

„Das ist es, Bovemall“, sagte der Junge, „ich habe es gestoßen und geschlagen, wie du es mich gelehrt hast, und es auch geknetet und weich gerieben mit meinen Fingern.“

„Gut verstehst du die Kunst, Felle zu bearbeiten“, sagte das Weib, „du wirst mehr können, als dein Vater konnte, wenn du der Häuptling des Clan Bassna werden wirst.“

„Er hatte Hunde, die ihm die Hirsche fingen, und Diener, welche die Felle bearbeiteten“, sagte der Junge. „Er wußte, wie ein stolzes Pferd geritten wird. Er beherrschte die Kunst eines Fechters. Vielleicht werde ich auch einmal soweit kommen, dann werde ich die im Walde erlernte Kunst damit zu vereinigen haben.“

„Vielleicht wirst du auch einmal soweit kommen“, sagte die Alte und ging zu einer kleinen Lichtung in der Nähe, wo die übriggebliebene Asche eines Feuers glühte. Sie machte sich daran, das Feuer aufs neue zu entfachen, und ein anderes Weib - Liath, ihre Gefährtin -, alt wie sie selbst, kam, ihr zu helfen.

Fionn fuhr fort, das Hirschfell zu bearbeiten, und seine Gedanken kreisten um das, was er wußte. Er war eine Kreatur des Waldes. Er zählte die Zeit nach dem Erblühen und Welken des Mondes und nach dem Keimen der Blätter und ihrem wirbelnden Fall, wenn sie gezeichnet und bemalt waren für ihren letzten Tanz mit dem Wind. Er vermochte den Spuren der Waldtiere zu folgen und konnte plötzlich stillstehen wie ein Baum oder ein Stein, wie sie es zu tun pflegten. Er wußte auch, wie er ihre Freundschaft gewinnen konnte. Bovemall hatte ihn das gelehrt. Und während er das Hirschfell bearbeitete, gingen seine Gedanken zurück zu jenem Tag, an welchem sie ihm gezeigt hatte, wie er die Freundschaft der Wölfe gewinnen könne. Sie saß auf einem grünen Platz, tief im Innern des Waldes. Die Bäume standen im Kreis um diesen grünen Platz herum, und der Wind ging von Baumkrone zu Baumkrone, kam aber nicht herunter, im Gras zu spielen. Freier Himmel war über dem Platz. Bovemall hieß Fionn, sich neben sie zu setzen. Dann begann sie, tief und leise zu singen, einen Gesang ohne Worte. Sie klatschte in die Hände, während sie sang, und schwang sich im Rhythmus ihres Gesanges. Fionn mußte sich zwingen, wach zu bleiben, bis das plötzlich aufgellende Geheul eines Wolfes ihn aus der Schläfrigkeit aufschreckte - ein zweiter Wolf antwortete, dann ein anderer und ein anderer, bis der Wald ganz von den Stimmen der Wölfe erfüllt war. Dann war das Trippeln der Füße zu hören, und ringsum zwischen den Bäumen sah Fionn auflodernde Augen, und der Glanz weißer Fangzähne und das Grau der Körper huschte die Baumstämme entlang. Fionn wagte nicht zu sprechen. Bovemall fuhr fort zu singen, und im Schatten des Waldes glitten diese grauen Körper von Baumstamm zu Baumstamm. Sie waren still, nur ihre Füße bewegten sie leise und rhythmisch. Plötzlich hörte Bovemall auf zu singen. Sie stand aufrecht.

„Der König der Wölfe komme hierher“, sagte sie.

Ein großes, graues Tier sprang in die Lichtung. Es schaute Fionn an und den Kreis der Bäume und sein Gefolge, das von Schatten zu Schatten glitt, und Bovemall - alle in einem Blick -, und doch schien es, als schaue es nichts wirklich an.

„König der Wölfe“, sagte Bovemall, „dieses Kind ist der Häuptling des Clan Bassna. Heute ist der Knabe noch klein und schwach, aber eines Tages wird er stark sein und ein großer Jäger, mächtig, dein Volk zu vernichten oder es laufen zu lassen, ohne ihm ein Leid anzutun. Der Wald schützt ihn. Die Erde und das Faeryland wachen über seinem Geschick. Heute würde er euch seine Freundschaft geben, wenn ihr ihm die eure geben wollt.“

Dreimal hatte das große, graue Tier zum Zeichen der Freundschaft einen Kreis gezogen um Fionn, und dreimal hatte Fionn zum Zeichen der Freundschaft den Wolf umkreist, indem er sorgfältig von links nach rechts gegangen war. Dann hatte Bovemall zwischen sie beide die Gabe des Weines, des Honigs und der Milch gegossen und die Erde zum Zeugen angerufen - und das fließende Wasser und Sonne und Mond und Wind -, und so wurde der Bund geschlossen. Fionn hatte die Freundschaft gehalten, und die Wölfe hatten ihm die Treue bewahrt. Bovemall hatte ihn manches gelehrt. Sie hatte ihm gezeigt, wie er den Wind überreden könnte, aus den Baumkronen herabzukommen zu ihrem Feuer aus Holzblöcken, wo er Formen zeichnete in die weiße Holzasche oder die Herbstblätter emporhob in einem scharlachroten oder goldenen Wirbel. Bovemall selbst konnte den Wind aus dem heiteren Himmel hervorrufen und ihn brausend und ästebrechend durch den Wald schicken. Sie konnte ihn zähmen, wenn er am grimmigsten war, und ihn einschläfern mit leise gesprochenen Worten. Sie konnte ihn ausschicken, die Regenwolken zu hüten, sie zu durstigen Plätzen hinzuleiten oder zurückzuhalten. Bovemall war es, die ihn gelehrt hatte, das Wasser zu grüßen, fließendes Wasser, das in Strömen und Flüssen tanzte, Seewasser, das sich langsam bewegte zwischen Schilf und steinigen Plätzen oder dunkel in den Gebirgsmulden lag. Fionn hatte den Geist des Wassers gesehen, glitzernd wie ein Drache mit Myriaden von Schuppen, der sich freudig bewegt; er hatte ihn lachen und tausend Farben von seinen Lippen sprühen sehen, und er hatte ihm durch Lachen geantwortet und ihm kindliche Zärtlichkeiten zugerufen, Namen, die keiner kannte außer ihm.

Fionn dachte an diese und ähnliche Dinge, während er sein Hirschfell bearbeitete. Er stieß und schlug es, bis das Licht entschwand und Finsternis wie ein leise-füßiges Heer den Wald einnahm. Da faltete Fionn sein Hirschfell zusammen und legte es an den Fuß des Eichbaumes. Er ging zum Feuer in der Lichtung.

„Bovemall“, sagte er, „ist es möglich, daß Moorna, meine Mutter, hierher kommen wird an einem dieser Tage?“

„Es ist unwahrscheinlich, daß sie jemals wiederkommen wird“, sagte Bovemall. „Ist es nicht genug, daß du sie sahest, als die ersten Knospen den Wald röteten, sie, die wie ein Fuchs durch eine Menge wachender Hunde schlüpfen mußte, dich zu besuchen; ist es wahrscheinlich, daß der König, den sie heiratete, sie ein zweites Mal gehen lassen wird, durch Sümpfe und über Felsen und an steilen Abgründen entlang zu wandern im Dämmer der mondlosen Nächte?“

„Sie kam zu mir im Traum in der letzten Nacht, Bovemall. Ihr Gesicht war sehr weiß, vielleicht ist sie tot.“

„Das ist eines Narren Gedanke. Moorna kann nicht sterben. Sie ist aus dem Volke der Faery und wird zu diesem zurückkehren, wenn es an der Zeit ist, ohne eine

Runzel in ihrem Angesicht und ohne eine graue Strähne in ihrem goldenen Haar."

„Sie hatte Tränen in den Augen in meinem Traum", sagte Fionn.

„Das ist nicht verwunderlich", rief Liath aus. „Sie hat wohl kaum bedacht, als sie das Land des Honigs verließ, Uail, deinen Vater, zu heiraten, ihn, der einem Gott ähnlich war, wie bald sie verlorene Schlachten und ihren toten Mann zu beklagen haben würde!"

„Nun", sagte Bovemall, „wenn das Licht in Aloon erloschen ist, so sind doch anderswo die Kerzen für sie entzündet. Der König, dem sie nun angehört, breitet seinen Teil der Welt unter ihren Füßen aus."

„Sind wirklich alle Lichter erloschen in Aloon?" fragte Fionn. „Ihr sagtet, es sei der Palast der tausend Kerzen gewesen."

„Wie könnte ich das sagen?" sagte Bovemall. „Goll ist es, der den Palast nun besitzt. Ihm brennen auch die tausend Lichter, wenn ihm etwas daran liegt, sie anzuzünden, Goll, der deinen Vater erschlug, bevor du das Licht des Tages erblickt hattest, Goll, der den Clan Bassna vernichtete und uns zurückließ ohne ein Dach, das uns schützt, außer den Zweigen des Waldes; er läßt uns von Lagerstatt zu Lagerstatt ziehen, gejagt und gehetzt wie Dachse."

„Wenn ich groß bin", sagte Fionn, „will ich zurückgewinnen, was meinem Vater gehörte, es wird ein harter Tag für Goll werden, dieser Tag. Ich werde ein Feuer in Aloon entzünden und die Harfner spielen lassen."

„Die Lordschaft über die Fianna von Irland, das ist es, was Uail hatte, und die Freundschaft des Hochkönigs. Nicht durch Prahlerei ist solches zu gewinnen, Fionn, mein Lieber."

„Erwecke nicht das Herz eines Hasen in dem Knaben mit unglückverheißender Rede", sagte Liath. „Es mag sein, daß der Salm der Weisheit, welcher der Erde die Grüne bringt und jeder Kreatur das Leben, dem Fionn Glück bringen wird."

„Liath", sagte Fionn, „ich habe Bovemalls Wort, daß sie mir von diesem Salm erzählen werde, sobald das Hirschfell bearbeitet sei. Es ist fertig geworden heute abend. Bovemall, willst du mir von dem Salm erzählen?"

„Das will ich tun, mein goldener Falke, aber zuerst muß ich das Hirschfleisch unter die Macht der glühenden Asche bringen."

Sie fegte die Schichten brennenden Holzes aus einer Vertiefung der Feuerstelle, einer Vertiefung, ausgelegt mit flachen Steinen, die nahezu glühten vor Hitze. Sie wikkelte ein Stück Wildbret in ein Bündel von würzigen Kräutern und legte es auf die heißen Steine. Dann zog sie flammende Asche in die Vertiefung.

„Bald wirst du etwas zu essen haben, Fionn", sagte Bovemall, „und nun setze dich mit dem Rücken an die große Eiche gelehnt, denn dies ist eine lange Geschichte, und ich will dir erzählen vom Teich der Weisheit, den manche den Brunnen des Wissens nennen, und von dem Salm, der dort schwimmt."

Fionn setzte sich, mit dem Rücken an die große Eiche gelehnt, und bei dem Gemurmel der Blätter und dem Rauschen des Waldes ringsumher erzählte Bovemall vom Brunnen des Wissens:

„In der Himmels-Welt ist eine Quelle. Das Wasser springt auf aus ihr wie ein riesiger Federbusch, wie ein Turm aus Kristall. Sie fällt in sich selbst zurück und breitet sich aus und weitet sich - tief - und tief - und tief - zu einem Teich der Freude. An seinem Ufer wachsen die Heiligen Haselbäume. Sie erheben sich so hoch und breiten ihre Zweige so kraftvoll aus ins Unsichtbare hinein, daß keine Seele weiß, wo sie zu Ende sind und ob sie überhaupt an ein Ende kommen. Die Heiterkeit des

Knospens ist immerdar in ihnen, und immer haben sie Blätter und Früchte und Blüten zugleich. Schwerfruchtige Büschel von Nüssen haben sie, scharlachrot und zinnoberfarben, und eine nach der anderen tropft in den Teich hinab, wenn sie reif geworden sind, die Wasser aufrührend und trübend, bis aus ihrer Tiefe der Salm heraufsteigt. Er ist der Herr des Teiches. Er ist das Juwel des Wassers. Jeder kostbare Stein ist sein Gewand. Seine mächtigen Flossen schwingend, steigt er auf, die Tiefen des Teiches mit seiner Helligkeit durchlichtend, Sterne und Sternenfeuer verbreitend in den Wirbeln seines Aufstiegs. Er fängt die Nüsse im Fallen auf, eine nach der anderen, und verschlingt sie. Es sind die Haselnüsse der Weisheit. Es sind die in Büscheln gewachsenen Nüsse des Wissens. Und der Salm, der Gold der Sonne und Silber des Mondes in jeder leuchtenden Schuppe hat, ist der Salm des Wissens:

Aus seiner Freude an den Heiligen Nüssen springt auf der Quell. Und stets erneut er sich:

Er springt, der Quell, und stets erneut er sich.

Der Quelle wegen blühen die Haselnüsse und werfen ihre scharlachrote Frucht stets in den Teich der Freude.

Und sich schwingend im Regen der fallenden Nüsse, mit Schalen, zinnoberrot und golden, ist der Salm froh, ist der Salm froh.

Und froh um seinetwillen ist der Teich, der immerdar springt und sich selbst erneut.

So kommt das Alter nie über den Brunnen, die Müdigkeit nie über den Salm und das Verwelken nie über die Heiligen Haselnußbäume."

„Könnte ich diesen Teich finden, Bovemall? Könnte ich hineinschauen?"

„Nicht ich kann dir das sagen, teures Herz. Große Seher haben ihn gesehen in ihren Visionen, aber nur die Strahlenden Götterwesen haben die Macht, an seinen Ufern zu wandeln und hineinzuschauen."

„Sind einige der Strahlenden an seinem Ufer gewandelt? Haben sie in den Teich hinabgeschaut?"

„Ja, die Strahlenden wandelten dort in der Jugend der Welt, bevor noch die Erde erschaffen war, bevor noch an sie gedacht worden war. Der eine oder andere von ihnen stand bei den Haselnußbäumen, und einige schauten in den Teich. Sie sahen den Salm, der das Juwel des Wassers ist; sie sahen ihre eigene unverwelkliche Schönheit gespiegelt in den Wassern und gingen zufrieden von dannen. Einst kam Sive, die Schönste der Strahlenden, zu dem Teich. Sie sah den Salm, schwingend im Wasser. Sie sah das Bild ihrer eigenen Schönheit. Aber sie war nicht zufrieden. Sie schlug mit den Händen auf das Wasser und rief aus:

‚Zeige mir, welche Geheimnisse du bewahrst in der schwarzen Stille, in welche der Salm noch nie untergetaucht ist, ich möchte die Wurzeln der Heiligen Haselnußbäume sehen!'

Da wurde der Teich trübe, und die Wasser brachen hervor und fegten Sive hinab und hinab, tiefer als zu den Wurzeln der Heiligen Haselnußbäume, tiefer als in den Abgrund selbst, bis sie zur Erde kam, die noch keine Erde war, die noch keine Gestalt oder Verheißung von Bäumen hatte und noch kein Lachen der Ströme.

Sive, die auch Cassir genannt wird, nahm die Erde in ihre Pflege; sie machte Krümmungen und Windungen voller Schönheit in die Abhänge ihrer Felsen und Zeichen der Schönheit auf ihre Wasser. Sie hegte und schützte die Erde bis zu einer Zeit, da ein anderer der Strahlenden zu dem Teich kam. Er schaute in die Tiefen, zuversichtlich hoffend, etwas Neues zu sehen; vielleicht ein Zeichen, das Sive ihm schickte. Er sah den Salm und das Bild seiner eigenen Schönheit.

‚Ich möchte den Abgrund sehen', rief er aus, und er schlug auf die Wasser, wie Sive es getan hatte. Die erhoben sich in einer hohen Welle und rissen ihn hinab und hinab. Mächte und Throne und Herrschaften stiegen mit ihm hinab in einem glänzenden, prächtigen Strudel. Er war Partholan. Er ließ Bäume wachsen auf der Erde und setzte breitblättrige Wasserpflanzen in die Seen, welche Sive gemacht hatte. Nach ihm kam Nemed, umflammt und umwölkt von Sternbildern. Nemed wußte von dem Kristallenen Turm, dessen Spitze über die Ozeane der Welt emporragt bis zu jenem Pol, um welchen sich die Sterne drehen. Er wußte die geheimen Namen der Sonne und des Mondes. Dann kam das Volk der Dana mit den vier Schätzen: dem Lichtschwert, dem Kessel der Fülle, dem Speer des Sieges und dem Stein des Schicksals, den Schätzen aus den vier großen Himmelsstädten. Die De-Danaans haben niemals die Schätze zu diesen vier Städten zurückgebracht, auch kehrten sie selbst nie zurück. Ihre Füße erfreuen noch immer die Erde. Die Honigbienen kennen sie. Die Schwalben rufen ihnen zu, wenn sie sich fertig machen, dem Sommer zu folgen, quer über die dunklen, uferlosen Wasser.

Und immer noch wandelten die Strahlenden am Ufer des Teiches umher und sorgten sich um nichts als um ihre eigene Schönheit, bis Miled kam. Wir sind von dem Geschlechte des Miled. Das Volk, das mit ihm kam, bildete die Städte der Menschen und gab ihren Druiden das Wissen und lehrte ihre Schmiede die Kunst der Hände. Miled gebührt Ehre und den Strahlenden allen, denn sie machten Bäume und riedbewachsene Seen und den Reichtum des Korns, des Honigs und der Früchte und die munteren Tiere und Vögel auf der Erde, aber Sive, genannt Cassir, die auch Dana heißt, ist die Mächtige Mutter. Zu ihrer Ehre sind die Sterne angezündet worden. Sie trägt die Sonne in ihrer Hand und spielt mit dem Monde."

„Sie ist zu mächtig zum Anschaun“, sagte Fionn, „sie erschien nicht so groß, als sie Sive war.“

„Sie hat immer noch den Namen Sive“, sagte Bovemall, „und sie wird auch Brigit genannt. Sie hat mehr Namen, als du nennen könntest in allen Stunden des Tages, und mehr Gestalten.“

„Hat sie auch irgendwelche Gestalten, die klein sind?“

„Sie hat die Gestalt jedes lebenden Wesens: die Gestalt der Beere am Baume, die Gestalt des Windes, der unsichtbar einhergeht. Sie ist unsichtbarer als der Wind, denn niemand kann ihre Spuren auffinden, wie man die Spuren des Windes auffinden kann.“

„Hat sie auch noch die Gestalt der Strahlenden, die Sive war?“

„Sie hat noch diese Gestalt.“

„Dann will ich eines Tages wandern und wandern und wandern, bis ich zu dem Teich komme. Vielleicht werde ich Sive sehen.“

„Es mag sein, daß du sie sehen wirst“, sagte Bovemall, „denn wer weiß, was die Tage und Jahre eines Lebens jemandem bringen?“

Fionn saß sehr still für eine Weile. Er setzte sich bequemer, gegen den Baum gelehnt. Er schloß seine Augen dicht und sah einen Teich, dunkler und größer als den Nachthimmel. Der Salm bewegte sich darin, und jede seiner Schuppen war heller als die Sonne, größer als der Mond zur Erntezeit, vollrund. Er schwang sich auf Flossen, roter als Lärchenknospen, scharlachrot, rubinfarben wie die Beeren der Eibe. Er schwang der Erde die Grüne zu und Stürme und Gewitter und Hagel und Schneeflokken und milden Regen und sonnige Tage des Frühlings und Sommers, und dem Fionn schwang er Glück zu.

Und so schlief Fionn mit dicht geschlossenen Augen, bis Bovemall ihn weckte, später, als das Wildbret aus der glühenden Asche geholt worden war.

# DIE MOND-SCHALE

## Die Mond=Schale

Boten bahnten sich ihre Wege von Zeit zu Zeit durch den Wald zu Bovemall, wetterharte Männer, die heimlich kamen. Oft, nachdem diese sie wieder verlassen hatten, zogen Bovemall und Liath und Fionn zu einem neuen Platz im Walde um, oder sie fanden eine tiefe Höhle, in der sie sich für eine Weile versteckt hielten. Oft mußte Fionn die Männer begrüßen. Sie schauten ihn in ungestümer Erwartung an. Sie grüßten ihn, wie es dem Sohn eines Häuptlings gebührte. Sie nannten ihn den Jungen Falken der Schlacht und den Stier der Kämpfe. Sie küßten die Fransen seines rauhen Hirschfellmantels, und ein Mann mit dunkelbraunem Gesicht und goldenen Ringen in den Ohren drückte einen glatten, weißen, seltsam gestalteten Knochen in Fionns Hände und sagte:

„Dies ist der Zahn eines See-Ungeheuers, er hat Zauberkraft in sich. Setze ihn in den Griff deines Schwertes als Glücksbringer, wenn du ein Mann geworden bist, denn du wirst erwachsen sein, eines Tages, trotz des Clan Morna; und ein guter Fechter und heißkämpfender Häuptling wirst du werden!“

Fionn verwahrte den Zahn des See-Ungeheuers sehr sorgfältig, und oft, wenn er ohne Abendessen sein Nachtlager aufsuchte, wiederholte er sich im stillen die Worte des Mannes mit dem dunkelbraunen Gesicht - besonders die Worte von dem heißkämpfenden Häuptling und guten Fechter. Er wünschte, an ein Schwert kommen zu können, aber es schien wenig Aussicht dafür vorhanden zu sein. Er machte sich eine Schleuder und einige scharf zugespitzte Wurfspieße; und mit diesen übte er, bis er ein bestimmtes Ziel aus einer ziemlichen Entfernung treffen konnte. Meistens war es ein sich bewegendes Ziel, denn Fionn sorgte für die Fleischnahrung, und er brachte es zuletzt dahin, einen Hirsch im Lauf einzuholen und einen jungen Eber allein mit einer Hand zu ergreifen.

Eines Nachts brach ein Bote aus den Schatten hervor, keuchend und schwankend wie ein erschöpfter Hund. Er sprach eilig mit Bovemall und schlüpfte wieder in den Wald hinein, ohne ein Wort an Fionn zu richten. Als er gegangen war, sagte Bovemall:

„Das Ende unserer guten Tage unter den Bäumen des Waldes ist gekommen. Crimmal, deines Vaters Bruder, der den geschlagenen Clan zusammenhielt, ist besiegt worden im Kampf. Er muß sich ein Versteck suchen in den Festungen des Westens; dort verhungern die Menschen in den kärglichen Jahreszeiten und führen zu allen Zeiten ein hartes Leben. Aber noch Schlimmeres droht uns. Der Clan Morna hat von uns erfahren. Sie wissen, daß Uails Sohn lebt und daß ein Wald ihn schützt. Sie haben viele grimmige Hunde zusammengetrieben, und sie wollen Irland durchstöbern, Wald nach Wald. Crimmal wird nicht länger da sein, ihnen zu widerstehen oder uns Nachrichten zu senden. Auf unbekannteren Wegen der Welt werden wir von jetzt ab wandern müssen. Unter Wegelagerern und in den Hütten ungastlicher Menschen werden wir uns verstecken müssen, und du mußt dich von uns trennen und dich als Freund zu den Hütejungen gesellen und zu den Jungen, welche die besäten Felder bewachen und die Raubvögel von ihnen vertreiben."

„Ich will der Bursche eines Jägers werden", sagte Fionn, „oder ich will den streitenden Männern folgen und die Art ihres Kämpfens erlernen."

„Not ist ein gestrenger Lehrer", sagte Bovemall, „und eine unbarmherzige Pflegemutter. Wer weiß, ob wir jemals wieder zusammensitzen werden nach dem heutigen Abend."

„Laß diese Schicksalsvermutungen!" rief Liath aus. „Du, Bovemall, hast die Weisheit der Druiden und die Mond-Schale, welche dich die Weisheit erkennen läßt. Bediene dich ihrer jetzt und erschaue, was auf Fionn wartet."

„Als ich das letzte Mal diese Schale in meinen Händen hielt und in sie hineinschaute", sagte Bovemall, „sah ich den Tod des Uail."

„Der roten Sonne folgen die dunklen Wellen der Nacht", sagte Liath, „der Nacht folgt die Asche der Morgendämmerung und die neuentflammte Sonne! Nimm die Schale; Unglück stirbt manchmal wie alles sonst."

Von einem geheimen Platz nahm Bovemall eine flache Schale aus mattem Gold. Am Rande waren Ogham-Zeichen eingraviert und Figuren von Schwänen und Drachen, im Innern aber war sie von monden-blassem und reinem Gold. Bovemall füllte die Schale mit Wasser. Sie sprach die Visionen-Rune, und während sie da saß, die Schale zwischen den Händen, sagte sie: „Komm hierher, Fionn, Weiße Blüte meines Herzens, und bewege deine rechte Hand einmal über dem Wasser in der Mond-Schale."

Fionn bewegte seine rechte Hand langsam über dem Wasser und kniete dann neben Bovemall. Auch Liath kniete. Bovemall schaute unentwegt auf das blasse, goldene Wasser, und vollkommenes Schweigen umschloß sie alle drei für eine Weile.

„Siehst du irgend etwas?" fragte Liath.

„Ich sehe Fionn in einer Vision nach der anderen, aber sie wechseln zu schnell: manchmal ist er mit anderen Jünglingen zusammen, manchmal allein, manchmal mit einem grimmig aussehenden Grobian, manchmal mit einem edlen Dichter - einmal mit seiner Mutter! Jetzt tritt er klar hervor. Er lacht, viele Gesichter drängen sich hinter ihm. Gesichter von Burschen, die lachen und singen. O Fionn, ich sehe dich von Sonnenschein umgeben und in der Freude des Sieges! Du hältst in deinen Händen das Schatzbündel Uails - du hältst es, wie Uail es zu halten pflegte für den Glückssegen."

Bovemall erhob sich, und mit einer plötzlichen Gebärde goß sie das Wasser der heiligen Schale über Fionns Haupt aus.

„Heil", rief sie aus, „dem Glücksbringer des Clan Bassna! Heil dem Bringer des Schatzbündels!"

Fionn wußte nicht ganz, was von ihm erwartet wurde, so verharrte er schweigend. Aber Liath fragte Bovemall:

„War es wirklich das Schatzbündel, das Glück des Clans, das er hatte?"

„Es war wirklich das Schatzbündel."

„Erzähle von ihm", sagte Fionn. „Niemals bis zu dieser Stunde hast du davon gesprochen."

„Wenn dein Vater noch lebte, hättest du es schon längst gesehen, denn es wurde an Festtagen stets um die heilige Flamme getragen. In ihm sind die mächtigen Talismane und die Juwelen der Oberherrschaft, die dem Clan Bassna Glück verleihen und dem Häuptling des Clans die Obergewalt."

„Wo muß ich nach ihm suchen?" fragte Fionn.

„Er ist beim schlimmsten Verräter, der jemals eine Hand gerötet hat im Blute seines Herrn."

„Wie ist sein Name?" fragte Fionn.

„Er ist Lia von Luachra, der Mann, der das Recht hatte, das Schatzbündel zu bewachen, wie seine Väter es vor ihm getan hatten. Gier, es zu besitzen, kam über ihn, und er verhandelte mit Goll vom Clan Morna und verriet Uail für dieses Schatzbündel. Er belog Uail am Tage der Schlacht von Cnucha und sagte, das Schatzbündel sei verlorengegangen. Der Clan zog in den Kampf, ohne das Schatzbündel um die Flamme getragen zu haben. Uail fiel im Kampf, die Kraft des Clan Bassna war gebrochen - und Unglück kam über uns alle."

„Du sahst mich mit dem Schatzbündel?" fragte Fionn.

„Ich sah dich, Juwel meines Herzens!"

„Das heißt", sagte Fionn, „daß ich Lia von Luachra erschlagen werde, wenn Kraft in meine Hände kommen wird."

„Das heißt", sagte Bovemall, „daß du der Häuptling des Clan Bassna werden wirst und Lord der Fianna von Irland."

Während sie sprach, sprang ein Funke aus dem Feuer und flammte für einen Augenblick auf in Fionns Hirschfelltunika.

„Das Feuer sendet dir einen Glücksfunken wie ein treuer Gefährte", sagte Bovemall, „und siehe, die Glut geht über in weiße Asche. Es ist Zeit für uns, die Schlafrune zu sprechen und die rote Saat des Feuers zuzudecken, auf daß wir aus ihr einen Strahl der Flamme erwecken können im Grau der Morgendämmerung, denn wir müssen auf den Beinen sein und uns auf die Wanderung begeben, ehe die Sonne den Schlaftau aus ihrem Haare schüttelt."

Dann sagten sie die Schlafrune und bedeckten die Glut, und tiefer Schlaf erquickte sie in der Nacht.

Bovemall war es, die in die Glut blies, bis die Flamme dort tanzte; Bovemall war es, die Fionn weckte, während Liath dünne Kuchen aus gestoßenem Eichelmehl auf die heißen Steinplatten zum Backen ausbreitete und Wegzehrung in Hirschfellbündel verpackte. Als sie fertig waren zum Aufbruch, sagte Bovemall:

„Es ist an dir, Fionn, die Glut zu löschen für dieses letzte Mal und der Herdflamme Lebewohl zu sagen."

Sorgfältig löschte Fionn die Glut, dann streute er grüne Zweige und Blätter darauf und sagte:

„Schlafe, Geist der Flamme,
unter der Grüne und dem Rot der Blüten;
nage nicht an den Baumwurzeln,
beiße nicht an den Grasstielen.

Schlafe tief, tief, ganz tief,
bis wir, deine Freunde, kommen
- wenn wir je wiederkommen sollten -,
dich zu wecken.
Schlafe, Geist der Flamme."

Dann nahm Bovemall Wein und Wasser und Honig als eine Abschiedsgabe für den Wald, der sie geschützt hatte. Als sie das Wasser ausgoß, sagte sie:

„Eichenwald, der uns schützte, lebe wohl! Lebenskraft sei in deinen Zweigen, eine Fülle von Eicheln an deinen Ästen. Gesundheit und Überfluß an Nahrung allen deinen Waldkindern."

Als sie den Wein ausgoß, sagte sie:

„Ich gieße Wein aus für dich, purpurrot, über das Meer kam er in Ruderbooten - fremdländischen Wein der Griechen. Mögen die Dichter dich preisen und dich bei glanzvollen Namen nennen in wohlgehämmerten Versen. Mögen sie deine Freundlichkeit rühmen an fernen, hohen, erhabenen Plätzen und in den ummauerten Städten fremder Könige! Eichenwald, der uns schützte, ich gieße Wein aus für dich."

Als sie den Honig ausgoß, sagte sie:

„Ich gieße Honig aus für dich. Wo Honig ist, da ist die Heiterkeit und der Sang der Bienen; und wo Met ist - das Honiggebräu -, da ist das Lachen der Menschen und ihr Gesang. Möge Lachen bei dir sein, das Lachen der Sonne und des Windes und des strömenden Wassers und das Singen der Drossel, der Amsel und der hochaufsteigenden Lerche. Mein Herz singt dir einen Gesang. Fionn freut sich über dich. Und Liath singt einen Druiden-Gesang vom Frieden. Eichenwald, der uns schützte, lebe wohl. Unsere hunderttausend Segen mit dir, und lebe wohl!"

Auf diese Weise Abschied nehmend, brachen sie auf. Ein jeder ging für sich und wanderte auf den Höhenwegen der Welt, sich dem Schicksal zu stellen, wie auch immer es ihm begegnen mochte.

# DER SILBERNE TEICH

# Der silberne Teich

Fionn wanderte mutig vorwärts. Vögel sangen in laubreichen Zweigen. Der Boyne-Strom glänzte silbern zwischen den Baumstämmen hervor. Sanft plätscherte das Wasser durch Schilf und Ried. Fionn pfiff eine kleine Melodie beim Wandern. Er hatte keine Pläne, nur dem, was geschah, wollte er begegnen und Tag für Tag größer und stärker werden, auf daß er eines Tages dem Lia von Luachra das Schatzbündel zu entreißen vermöchte, das Unrecht an seinem Vater zu rächen und die Führerschaft über die Fianna zu erlangen. Viele Monde waren gewelkt am Himmel, seit er Bovemall und Liath und dem gütigen Eichenwald Lebewohl gesagt hatte. Manches war ihm zugestoßen seither, manches Unglückliche und Harte hatte er erfahren und manches Gute. Manche Hügel hatte er gesehen und manche Täler seither und manchen stolzen Häuptlings weiße, getünchte Burg erblickt. Die Sonne hatte ihn gebräunt. Sein helles Haar war gestutzt wie das Haar eines Bauern, der Wagenstaub der Wege hatte seine Hirschfelltunika beschmutzt. Nichts als der stolze Gang verriet des Häuptlings Sohn in ihm.

Der Morgen war heiß, und das plätschernde Geräusch des Boyne-Stromes zog Fionn zum Ufer. Sich seinen Weg bahnend zwischen Erlen und Weiden und blühenden Binsen, kam er dorthin, wo das Wasser in silbernen, singenden Strömen in einen Teich strudelte, der genannt wird „der Teich des Sternentanzes". An dem Teich war ein Mann in der Tracht der Fischer; er zog ein kleines Wurfnetz ans Land. Es waren silberglänzende Forellen in dem Netz, karmesinrot gefleckt; aber der Mann nahm eine nach der anderen und warf sie wieder in den Teich.

„Seid gegrüßt", sagte Fionn, als er näher herankam, „und viel Glück beim Fischen."

„Ich habe kein Glück beim Fischen", sagte der Mann.

„Es ist seltsam, wirklich“, sagte Fionn, „daß Ihr die rotgefleckten Forellen der Boyne so gering achtet. Nur wenige außer Euch würden murren über einen so guten Fang.“

„Nur einen Fisch begehre ich zu fangen“, sagte der Mann, „und das ist der purpurflossige, karmesinrotgestreifte Salm der Weisheit, der Gold der Sonne und Silber des Mondes in jeder Schuppe hat.“

„Eine weise Frau lehrte mich“, sagte Fionn, „daß der Salm der Weisheit in der Himmelswelt schwimmt, im Teich der Heiligen Haselnußbäume.“

„Sie hätte dich außerdem lehren sollen“, sagte der Mann, „daß alles, was in der Himmelswelt geschieht, hier einen Schatten wirft. In diesem Teich, sagt man, schwimme das Schatten-Selbst des Salmes der Weisheit. Ich möchte es fangen.“

„Ich habe gehört, daß Gelehrte und Dichter den Salm fangen können in Netzen, gemacht aus ihren Träumen“, sagte Fionn, „und daß sie danach eine glänzende Schuppe des Fisches besitzen. Ihr, der Ihr die Blüte der Dichter und das Juwel der Gelehrten seid, solltet mehr als eine Schuppe haben.“

„Warum sprichst du in dieser Weise zu mir, der ich nur ein einfacher Fischer bin?“

„Ich kenne Euch als des Königs Dichter“, sagte Fionn. „Im Jahre der Großen Versammlung sah ich Euch reiten auf einem weißen Zuchthengst, dessen Mähne und Schwanz purpurn gefärbt waren; Ihr trugt des Sängers Gewand und die Hauptbedeckung eines königlichen Dichters, und Ihr hattet fünfzig Prinzen in Eurem Gefolge. Ich kauerte auf einem dichtbelaubten Eichenast, als Ihr am „Wald der Goldenen Falken“ vorbeirittet, und ich dachte, wenn ich die Wahl hätte, mit irgendeinem der Männer zu sprechen, die in aufglänzenden Wagen und auf stolzschreitenden Pferden dort vorbeikamen, ich würde mir ein Gespräch mit Euch wählen.“

„Was helfen Worte“, sagte der Mann, „du könntest mich nicht lehren, den Salm zu fangen, und ich könnte dich nicht mehr Waldkünste lehren, als du schon kannst.“

„Ihr könntet mich die Kunst des Dichtens lehren“, sagte Fionn, „und ich könnte Euch dienen. Ich könnte Binsen schneiden für Euer Lager, Euch Eier bringen von wilden Enten, Rotwild vom Berge und schnelle Hasen aus dem Tal.“

„Welches Wissen, welche Künste und welche Waffen beherrschest du?“ fragte der Mann.

„Die Kunst, das Schwert zu handhaben, lernte ich von einem Räuber, der mich zwang, mich mit ihm einzulassen. Ich hütete die Kühe eines Kräuterkundigen und erlernte die Wirksamkeiten der Kräuter. Mit Pferden umzugehen lernte ich unter Pferdejungen. Der Wald lehrte mich die Künste des Waldes. Wer aber von Dichtung nichts versteht, ist nur ein wilder Bursche!“

„Du sollst mir dienen“, sagte der Mann, „was für einen Namen hast du? Ich bin, wie du weißt, Finnegas, der Dichter.“

„Demna ist mein Name“, sagte Fionn, und damit sagte er die Wahrheit, denn der Name Fionn, welcher bedeutet „der Schöne“, war ein Kosename.

So kam es, daß Fionn bei des Königs Dichter blieb. Er flocht Matten aus Binsen, fing wildes Geflügel, suchte Wasserkresse und süße und bittere Kräuter des Feldes zum Würzen der Speisen, stieß Eicheln zu Mehl und machte Brot, wie er es Bovemall hatte backen sehen im Walde. Und des Königs Dichter sprach mit ihm von Helden und Königen, von der Dichtkunst und von den Sitten in den Palästen. Fionn bewahrte diese Gespräche in seinem Herzen; und immer wieder übte er, Steine zu werfen mit der Schleuder, anzugreifen und abzuwehren mit einem hölzernen Schwert; und mit einer Stange, geschnitten aus Eschenholz, übte er das Werfen des

Speeres. Er rannte und sprang und kämpfte mit zähen Ästen und jungen Bäumen, auf daß er zunehme an Kraft und Kühnheit. Er setzte Worte zusammen zum Preise der Pflanzen und Tiere des Waldes, zum Preise der kleinen Blüten des Feldes und der Gesänge der Amsel und Drossel; des Königs Dichter lehrte ihn, sie zu formen, bis er gute, wohlgeschmiedete Verse machen konnte.

Eines Tages begab es sich, daß Fionn gelobt worden war um eines Gedichtes willen und sich leichten Herzens aufmachte, nach Eiern des Regenpfeifers zu suchen, die von besonderem Wohlgeschmack sind. Er wollte dem Dichter des Königs ein Fest bereiten; der dachte nicht an sich selbst, sondern an das Strudeln der Boyne und an den Salm, der versteckt liegen mochte in den Untiefen oder in den singenden Tiefen des Stromes.

Fionn fand die Eier und kehrte zurück. Im Gehen stieß er mit dem Fuß an etwas Hartes, und sich bückend, sah er ein Stück seltsam geformten, grünen Metalls, das aus dem Sumpfboden herausragte. Etwas in seiner Form kam ihm bekannt vor, und seine Hände gruben ungeduldig in den Graswurzeln; ungestümer grub er, je mehr der Schatz sich zeigte. Zuletzt zog er ihn hervor - ein bronzenes Schwert, zweischneidig und unversehrt. Ein Schwert, das Gobniu, der Wunderschmied, geformt haben mochte, ein Schwert, das Lugh in der Schlacht von Moytirra vielleicht gerötet hatte. Fionn rieb es mit einem Grasbündel, bis es grünlich schimmerte; er betastete die feinzugespitzten Schneiden; er faßte es am Griff; und während der ganzen Zeit rannen Tränen über sein Angesicht.

„Mein Schatz", rief er aus, „daß Uail dich sehen könnte! Oder Bovemall, die kein Schwert hatte, es mir zu geben. Wenn Crimmal wüßte, daß ich dich habe, würde sein Herz froh sein. Ich will dich dem Sonnenlichte zeigen. Ich will dich dorthin bringen, wo du laute Schlachtrufe hören kannst - laut wie jene, die du vernahmst, bevor der Mann, dem du gehörtest, dich von sich warf, damit seine Verfolger sich deiner nicht rühmen sollten. Flamme des Kampfes, freue dich meiner - freue dich meiner!“

Fionn sprang auf seine Füße, warf sein Schwert in die Luft, fing es auf halbem Wege auf und schwang es über seinem Haupte. Dann las er seine Regenpfeifereier auf und rannte davon.

Als er sich dem Teiche näherte, wo der Dichter des Königs fischte, tagein und tagaus, sah er, daß etwas geschehen sein mußte. Des Königs Dichter kam eilig auf ihn zu, machte heftige Gebärden und rief etwas. Fionn eilte noch etwas mehr und fing die Worte auf.

„Ich habe ihn gefangen! Ich habe ihn gefangen“, rief des Königs Dichter. „Ich habe den Salm der Weisheit gefangen.“

Und wirklich lag ein kleiner Salm mit silbernen Schuppen, blau und karminrot gefleckt, schimmernd am Ufer.

„An was für einem Zeichen erkennt Ihr ihn als den Salm der Weisheit?“ fragte Fionn.

„Niemals habe ich einen ähnlichen Fisch gefangen“, sagte des Königs Dichter, „und einer Weissagung nach soll der Salm der Weisheit in diesem Teich gefangen werden, und gegessen werden soll er von einem Dichter Finnegas oder Fionn. Ich aber bin Finnegas, und ich will diesen Salm essen.“

„Und mit Genuß und Freude sollt Ihr ihn essen“, sagte Fionn „ich will ihn für Euch auf dem Roste braten, wie Bovemall mich lehrte, die Salme aus dem Shannon zu braten, die eine Speise der Könige sind. Ich habe auch Eier des Regenpfeifers und würzige Kräuter, süße und bittere.“

„Ich werde nichts anrühren außer dem Salm, auf daß ich Weisheit durch ihn erlange“, sagte Finnegas.

Fionn machte einen Ofen bereit und briet den Salm. Aber während er da saß, wanderten seine Gedanken zu dem Schwert, und eine Flamme ergriff die Schuppen des Salms. Fionn drehte den Fisch eilig um, und dabei blieb ein kleines Stückchen einer Schuppe an seinem Daumen hängen und brannte ihn. Er steckte den Daumen in seinen Mund, ohne etwas dabei zu denken, und kostete so den Salm. Er achtete sorgfältig auf seine Arbeit danach, und als der Fisch durch und durch gar war, brachte er ihn dem Finnegas. Dieser bereitete sich vor, den Fisch zu essen, so, wie man einen heiligen Fisch essen sollte.

Fionn saß am Flußufer, und seine Gedanken waren bei dem Schwert. Plötzlich gewahrte er des Königs Dichter neben sich.

„Etwas Seltsames ist geschehen, Demna", sagte der Dichter, „Wohlgeschmack und Wirksamkeit haben den Salm verlassen. Er ist wie jeder andere Fisch. Kann es sein, daß du mich betrogen und von dem Fisch gegessen hast?"

„Nein", sagte Fionn, „ich habe nichts gekostet von ihm, außer einem Stückchen Schuppe, das brennend an meinem Daumen hing."

„Dieses Stückchen Schuppe hat die Wirksamkeit des Fisches fortgenommen", sagte der Dichter, „und doch ist es seltsam, daß eine Weissagung so leicht gebrochen werden konnte. Der Salm war für einen Dichter bestimmt, namens Fionn oder Finnegas - und du bist Demna!"

„Demna ist mein Name, aber ich werde Fionn genannt. Es ist ein Kosename, der an mir hängenblieb."

„Fionn wird fortan dein wahrer Name sein, denn jetzt sehe ich, daß der Salm für dich bestimmt war. Nicht demjenigen, der müde ist des Marktes, des Gerichtshofes und des Kampffeldes, gibt der Salm der Weisheit sich, sondern jenem, der nach dem Griff des Schwertes verlangt und der das Leben liebt."

„Ich habe ein Schwert", rief Fionn aus, „ein Schwert für einen König ist es! Ein Glücksbringer, ein Schlachtenbändiger, ein Sänger der Kriegsgesänge!"

Er hielt sein Schwert hoch, seine Augen liebkosten es.

Finnegas nahm es in seine Hände.

„Möge Glück mit ihm sein", sagte er, „es ist wirklich ein königliches Schwert. Wie kam es zu dir?"

Fionn erzählte, wie er es gefunden hatte.

„Einer aus dem Volk der Strahlenden hat diesen Tag für dich gesegnet", sagte Finnegas. „Salm und Schwert! Wie gedenkst du dein Schicksal nun zu gestalten?"

„Ich gedenke, meinen Vater zu rächen, der verräterisch erschlagen wurde."

„Was für ein Mann war dein Vater?" fragte Finnegas. „Ich weiß wohl, daß du nicht eines Elenden Sohn bist."

„Ich möchte den Namen meines Vaters", sagte Fionn, „nur demjenigen nennen, der ihn geliebt hat, oder dem Hochkönig von Irland, und zwar an jenem Tage, an welchem ich mein Erbe zurückgewinnen werde. Ich bin keines Elenden Sohn, Finnegas, und wenn ich weiterlebe nach jenem Tage werde ich die Dichtkunst einsetzen als eine Kunst für Krieger. Ich werde auch kommen, wenn ich siege, Euch zu suchen, an welchem Orte auch immer Ihr sein möget."

„Ich weiß nicht, an welchem Orte ich sein werde", sagte Finnegas, „vielleicht zu Tara beim Hochkönig, vielleicht in irgendeiner Wildnis im Gebirge, vielleicht in dieser Hütte am Fluß, wenn nicht der Rasen mich schon bedeckt - aber sage mir, was für ein Leben wirst du nun beginnen, denn ich weiß, daß du nicht länger verweilen wirst bei mir."

„Ich gedenke, andere Jünglinge mit mir zu verbinden, wenn ich sie finde“, sagte Fionn, „und Heldentaten und Kriegslisten mit ihnen zu erüben, bis wir uns stark fühlen zu einem räuberischen Einfall und zu Waffen kommen; dann wollen wir einen Krieger suchen, der mir verwandt ist - er ist jetzt geächtet und lebt versteckt - und wollen tun, was seine Weisheit uns rät.“

„Ich wage, vorherzusagen, daß du dein Erbe zurückgewinnen wirst“, sagte des Königs Dichter. „Iß nur den Salm, und wir wollen die Stunden, die uns noch bleiben, verbringen mit Erzählen von Geschichten und Sprechen von Gedichten und mit tiefem Schlaf, auf daß der morgige Tag glücklich sein möge für deinen Aufbruch.“

So aß Fionn den Salm, und fragte sich im stillen, ob wohl seine Weisheit ihm helfen werde, Jünglinge zu finden, ihm ähnlich, bereit, etwas zu wagen, und Freunde seines Schwertes und des Schatzbündels. Und des Königs Dichter aß die Eier des Regenpfeifers mit den süßen und bitteren Kräutern und fragte sich im stillen, ob es weise sei, zurückzukehren zu dem leuchtend-farbigen Leben der Paläste, oder weiser, in der kleinen Hütte an der Boyne zu bleiben, die Schatten der Wolken zu beobachten und brütende Reiher in schilfbewachsenen Teichen.

# DAS SCHATZ-BÜNDEL

# Das Schatz-Bündel

Der Eichenwald im Boar-Gebirge streckte seine Zweige freudig aus im Sonnenlicht. Er hatte Knospen und Blätter von rotbronzener Farbe, und der Wind spielte zart zwischen den Bäumen, als hüte er sich, einen Zweig zu brechen oder ein seidenes Blatt zu zerreißen. Tief im Walde lag versteckt eine Wiese, auf der das Sonnenlicht tanzte. Sie war rings von Bäumen eingehegt. Im Schutze der Bäume waren mehrere Hütten errichtet, mit Dächern aus Farnkraut. Neben einer, in der Nähe eines hohen Eichenbaumes, stand ein alter Mann mit aufgerichtetem Speer wie ein Soldat auf Wache. Er trug eine Tunika aus Rehfell, abgetragen und zerlumpt, und obwohl er stolz und aufrecht dastand, war ihm anzusehen, daß er erschöpft und schwach und ausgehungert war. Von Zeit zu Zeit beschattete er seine Augen mit der Hand, um in den dunklen Wald besser hineinsehen zu können, von Zeit zu Zeit gab er ein leises Pfeifzeichen. Schließlich antwortete ein Pfiff. Und ein Mann mit einem Wasserschlauch über den Schultern trat aus dem dichteren Teil des Waldes hervor.

„Milruc“, sagte er, „ich bringe ein wenig Wasser vom Silbernen Quell, nach welchem Crimmal ein solches Verlangen hatte gestern abend. Bringe ihm den Schlauch, vielleicht wird er trinken und vom Fieber erlöst werden - hat er überhaupt geschlafen?“

„Ich weiß nichts von der Nacht, denn er wollte niemanden um sich haben. In der Morgenröte rief er mich zu sich. Ich fand ihn auf seinem Lager von Fellen sitzend. Er hatte den roten Mantel des Häuptlings umgeschlagen. ‚Bereite alles vor‘, sagte er, ‚für die Ankunft des Fionn, Sohn des Uail, der heute kommen wird, Kummer und Unglück von uns zu nehmen!‘ Manches haben meine Ohren gehört, nie aber etwas Ähnliches.“

„Bring ihm dieses Wasser, Milruc, denn es ist offenkundig, daß das Fieber noch zunimmt."

„Ich wage nicht, zu ihm zu gehen, Trostan, denn er sagte zu mir: ‚Stehe du auf Wache! Ich schwöre beim Schmied, dem Gestalter der Sterne, daß ich weder Speise noch Trank anrühren werde, bis ich mit Fionn zusammen ein Mahl nehmen kann.' - Seit Tagesanbruch stehe ich auf Wache."

„Wehe uns!" rief Trostan aus. „Wer wird uns helfen? Wer wird den Tod von Crimmal fernhalten? - Denn sicher ist, daß Fionn, Sohn des Uail, nicht mehr lebt."

„Sicher ist, daß Erde ihn bedeckt, wehe uns! Haben nicht die Söhne Mornas die Wälder und geheimsten Plätze durchsucht, wie Hunde das Versteck des Ebers suchen? Fionn, unsere einzige Hoffnung, ist tot."

Aus dem Schatten des Eichenwaldes kam das kurze, schneidende Gebell eines Fuchses. Milruc ahmte es nach, und Freude kam in seine Augen.

„Es ist Ardan", sagte er, „mit Cathmann und Tabarn. Sie sind unterwegs, seit die Sterne erloschen, die Fanggruben und Schlingen nach Wild abzusuchen oder einen Hirsch zu erjagen, wenn sie so glücklich sein sollten, auf einen zu stoßen."

Die drei Männer, welche aus dem Eichenwald auf die Wiese traten, waren alt. Ihr Gang war voller Müdigkeit. Einer von ihnen hatte ein paar Vögel in seiner Hand. Die andern beiden trugen einen Hirsch. Trostan lief ihnen entgegen:

„Laßt uns einen Bratofen ausschaufeln", sagte er, „mit so wenig Lärm, als eben möglich, denn Crimmal hat immer noch starkes Fieber."

„Vielleicht", sagte Tabarn, „würde es ihm gut tun, von dem Glück zu erfahren, das wir hatten. Nicht jeden Tag stoßen wir auf einen Hirsch, und wir haben keine Hunde - leider -, einen aufzutreiben!"

„Es gibt nichts, das Crimmal gut tun würde", sagte Trostan, „außer dem, was er von ganzem Herzen ersehnt - der Anblick Fionns! Und er wird dorthin gehen müssen, wo die Toten sind, fürchte ich, ihn zu erblicken."

Ohne weitere Worte begann Trostan, die Kochgrube fertigzumachen. Die anderen fingen an, das Mahl herzurichten, und erst als sie hörten, wie Milruc salutierte, schauten sie zur Hütte und nahmen wahr, daß Crimmal herausgetreten war, groß, hager und vom Fieber abgezehrt, in seinem reich bestickten, karmesinroten Mantel.

„Hört ihr nicht", sagte er, „das Rufen und das Singen im Wald? Das ist Fionn mit den jungen Streitern - seinen Gefährten!"

„Mein Häuptling", sagte Tabarn, und ging auf ihn zu, „möchten die Götter deine Weissagung wahrmachen. Ich war auf dem Waldweg, noch vor kurzer Zeit, mit Cathmann und Ardan; kein Lärm, Gesang oder Lachen erreichte unsere Ohren."

„Weil eure Ohren verstopft sind. Ich höre das Rasseln ihrer Schilde. Ich kann Fionns Stimme unterscheiden, obwohl meine Augen ihn nie gesehen haben. Es ist ein Hund bei ihnen, er läuft ihnen voraus; hört - hört das Getrippel seiner Füße!"

„Mögen die Götter sich unser erbarmen", murmelte Tabarn, und er ging auf Cathmann und Trostan und Ardan zu, die angespannt in die Stille hinaushorchten. Crimmal legte die Hände an den Mund und rief den Herrenruf für einen Hund. Tiefe Stille folgte diesem Ruf, selbst die Eichenblätter und Gräser schienen in sie hineinzulauschen. Crimmal lauschte, Freude und Erwartung auf seinem Angesicht. Er ließ den Ruf ein zweites Mal ertönen - und ein drittes Mal. Plötzlich brach ein Hund aus dem Unterholz am fernen Rande der Wiese hervor. Es war ein lohfarbener, braungescheckter Hund, groß und stark genug, einen roten Berghirsch mit schwerem

Geweih niederzureißen. Für eine Weile stand er bewegungslos am Rande der Wiese im Maisonnenschein; dann drehte er seinen Kopf schnell, spitzte die Ohren und sprang zurück in den Wald.

„Es ist ein Hund vom Faeryland“, rief Trostan aus, „den der Häuptling gerufen hat. Vielleicht ist es der Hund, der Lugh, dem Langhändigen folgt.“

„Lughs Hund ist weiß“, sagte Ardan.

„Laßt das Geschwätz“, rief Crimmal, „ihr Unvernünftigen! Das war Fionns Hund. Sicher könnt ihr jetzt die Stimmen und das Lachen hören.“

Sie hörten wirklich Stimmen und auch Lachen und das Laufen von Füßen und das Klirren der Schwerter auf den Schildrändern. Bald darauf stürmte eine Gruppe von Jünglingen aus dem Schutz des Waldes hervor und rannte quer über die Wiese auf sie zu. Sie waren mit Beute beladen, als ob sie die Burg eines Königs geplündert hätten. Silberne, bronzene und goldene Gefäße klirrten auf ihren Schultern; Weinschläuche hatten sie und einen Haufen von reichen Gewändern, und sie waren geschmückt mit goldenen Halsketten und Armreifen. Unter lärmendem Singen und Lachen kamen sie auf die alten Männer zu. Dann trat ein kräftiger Jüngling mit dichtem, lockigem, rotgoldenem Haar vor die andern, und auf ein Wort von ihm bildeten sie schnell eine Reihe und näherten sich wie eine wohlgeordnete Gruppe von Kriegern. Der Anführer trug in seinen Händen ein Bündel, gearbeitet aus fremdländischem Fell und geschmückt mit seltsamen Zeichen und Farben. Er trug es, als wäre es ein heiliger Schatz, in stolzer Haltung.

„Fionn, Sohn des Uail“, rief Crimmal aus, „komm näher heran. Laß mich meine Hände auf deine Schultern legen. Ich habe mit Sicherheit gewußt, daß du kommen würdest, meine Augen zu erfreuen.“

„Ich habe etwas mitgebracht, was besser ist als ich selbst“, sagte Fionn. „Hier ist das Schatzbündel des Uail, mit den Juwelen der Oberherrschaft und den mächtigen Schätzen, welche die Götter gehandhabt haben. Nimm das Schatzbündel, Crimmal, Bruder meines Vaters.“

Crimmal nahm das Schatzbündel in seine Hände.

„Dieses birgt das Glück des Clan Bassna“, sagte er. „Wahrlich, heute ist der Befreier zu uns gekommen, so wie Lugh, der Langhändige, zum Volke der Dana kam, als es vom Unglück geschlagen war. Dieses Schatzbündel wurde dem Uail entwendet am Tage der Schlacht von Cnucha; sein Verlust war der Verlust des Schlachtglücks für ihn. Der Mann, der es entwendete, war Lia von Luachra, und er war es, der dem Uail die erste Wunde beibrachte. Nun darf ich hoffen, daß die Treulosigkeit gerächt ist; denn Uails Sohn bringt das Schatzbündel zurück. Erzähle mir, Fionn, meine Freude und meine Hoffnung, ist Lia tot?“

„Er ist tot“, sagte Fionn, „tot, beinahe durch blinden Zufall, wie es scheinen könnte. Wir dachten nicht an ihn, als wir aufbrachen - ich und meine Gefährten -, dich zu suchen in der Waldfestung. Wir stahlen uns auf geheimen, verborgenen Waldwegen hierher und mieden den Anblick der weißen, getünchten Burgen mit ihren Palisaden und Wällen und bewaffneten Männern. Auf einem Waldweg, einige Stunden von hier, ehe die Sonne am Himmel aufstieg, sahen wir eine Frau, die neben dem Leib eines Jünglings kauerte. Blut und Tränen mischten sich auf ihrem Angesicht, und wir sahen die Todeswunde des Jünglings. ‚Wer ist dieser‘, fragte ich die Frau. ‚Es ist mein Sohn‘, sagte sie. ‚Lia von Luachra hat ihn erschlagen, wie er viele andere erschlagen hat.‘ ‚Warum erschlägt kein Rächer ihn?‘ fragte ich. ‚Wehe!‘ sagte die Frau. ‚Er hat das Land zu gut durchstöbert. Alle die Tapferen sind erschlagen.‘

In meiner Erinnerung stieg auf, was Bovemall mir erzählt hatte von dieses Mannes Treulosigkeit, und in den Herzen meiner Gefährten stieg großer Zorn auf und

Mut; und wir sagten der Frau: ‚Zeige uns den Weg zu Lias Burg!‘ In der Dämmerung näherten wir uns vorsichtig der Burg, Reisigbündel und Gestrüpp vor uns hertragend. Wir legten Feuer an die Palisaden und erschlugen Lia, als er auf uns losstürmte. Die Seinen flohen in großer Bestürzung, und wir plünderten die Burg. Darum haben wir reiche Mäntel und goldene Becher und Schläuche mit fremdländischem Wein und geknetete Kuchen aus Weizenmehl. In einer geheimen Kammer, in einer Truhe von roter Eibe war das Schatzbündel. Keine anderen Hände als die meinen haben es berührt, bis deine Hände es umschlossen, Crimmal, und sei nun froh mit uns, denn wir sind gekommen, zu feiern mit dir und deinen edlen Gefährten, welche dir die Treue wahrten alle die bösen Jahre hindurch.“

„Ich wußte es, Fionn“, sagte Crimmal, „mein Herz wußte von dir, ehe du kamst. Lasse dich nun nieder, und auch die Jünglinge, deine Gefährten, sollen sich setzen, denn wir haben Fleisch in unserem Ofen und Freude in unseren Herzen - eine Freude, wie wir sie nie mehr hatten seit dem Tode des Uail!“

Auf der grünen Waldwiese setzten sich die alten Männer und die jungen Burschen nieder; und das Fest, das sie dort hatten, erfreute sie, wie die Sonne die Erde erfreut. Sie sangen und lachten und erzählten ausführlich von ihren Abenteuern. Crimmal erfuhr, wie Fionn im Walde aufgezogen worden war, und Fionn sagte:

„Erzähle mir, Crimmal, wie es dir ergangen ist, alle diese Jahre hindurch.“

„Ich weiß es kaum noch“, sagte Crimmal, „denn der Gedanke an Unglück und Beschwerde hat mich verlassen, so wie das Fieber meinen Leib verlassen hat. Wir hielten zusammen, diese, die du bei mir siehst, und andere stolze und tapfere Gefährten, die tot sind, und ich. Von Platz zu Platz wurden wir gejagt, manchmal kämpfend, manchmal fliehend. Füchse lernten wir sein und Wölfe und unterirdische Höhlenerbauer. Es war ein Spiel, das uns gut erschien, bis das Alter unsere Glieder steif machte und der letzte unserer Hunde starb. Oftmals waren unsere Herzen schwer durch das Verlangen nach dem Anblick eines guten Hundes - eines geschmeidigen, starkschultrigen, schnellfüßigen Hundes, eines solchen, wie wir besaßen, als wir Jugend hatten und Reichtümer und eines jeden Wunsch Erfüllung; es ist gut, Fionn, daß du deinen Hund mitgebracht hast. Mir ist er lieber als ein goldner Becher, und was Trostan und Milruc angeht - die sind eines Sinnes mit mir. Seid ihr wirklich gekommen, mit uns zu verweilen, Fionn, du und deine Gefährten?"

„Nein", sagte Fionn, „auch wir sind Füchse und Wölfe und in der Tiefe grabende Dachse. Wir dürfen niemals zwei Nächte im gleichen Lager verbringen oder zweimal vom gleichen Quell trinken. Wir wollen die Beute, die wir mitgebracht haben, in Verstecken unterbringen, die dir gut scheinen; und du, Crimmal, verwahre das Schatzbündel, bis ich wiederkomme, es zurückzuerbitten als Lord der Fianna von Erin; denn wenn ich weiterlebe, will ich nicht weniger sein, als mein Vater war."

„Wahrlich, du bist der Goldene Falke", sagte Crimmal, „du bist der Rote Stier mit Silbernen Hörnern, du bist der Hund, der nicht umkehrt; du bist der schleichende Wolf, der einer Beute folgt; und Hund und Wolf und Falke und Stier, mein Segen über dich, bis die Sonne ihre Helligkeit vergißt und der Mond aufhört, über die Sternenwiese zu wandern."

Die Eichenbaumschatten hatten sich bis zum äußersten gestreckt auf der verborgenen Wiese; der Himmel war dunkelviolett, und ein Stern leuchtete an ihm auf.

„Schaut", rief Milruc aus, „ein Stern wacht über uns! Es wäre gut für uns, den heiligen Kreis zu schreiten um das Schatzbündel und die Wiese, auf daß wir das Glück an uns binden."

„Es wäre gut", sagte Crimmal. Und er führte sie durch das tauige Gras in vielen Kreisen um das Schatzbündel und die Wiese, bis der Große Wagen sich am purpurnen Himmel zeigte.

„Tiefer Schlaf tut uns nun not", sagte Crimmal, „und morgen soll es sein, wie Fionn wünscht. Er soll aufbrechen bei Sonnenaufgang, mit allem Glück, das wir an ihn binden können, und allem, was ein tapferes Herz ihm bringt. Wir wollen uns verbergen in unseren geheimen Verstecken; und wahrlich, nicht einer von uns wird den Tod an sich herankommen lassen, ehe der Adler des Clan Bassna zurückkehrt."

So kam die Dunkelheit über sie und tiefe Stille und Schlaf. Aber durch die Nacht leuchtete das Schatzbündel mit Strahlenkraft aus sich selbst. Es leuchtete in jeder Farbe wie ein Juwel aus Feuer - wie der juwelengeschmückte Sternentänzer Sirius - und wirklich: es war in Wahrheit ein Juwel, das Glücksjuwel des Clan Bassna, ein Künder und Vermehrer des Glücks, ein Talisman langen Lebens und der Ehre.

# DIE HERRSCHAFT
# ÜBER
# DIE FIANNA

# Die Herrschaft über die Fianna

## DER WEG NACH TARA

Fionn, Sohn des Uail, stand auf einer schmalen Anhöhe und freute sich an dem Anblick der Paläste von Tara. Die lagen zahlreich ausgebreitet unter ihm mit ihren seidenen Bannern und ihren geschnitzten Dachbalken und ihren heiter-farbigen Wänden, wie ein Stück reicher Stickerei, zu Prahlerei ausgebreitet auf dem grünen Wiesenhang. Fionn hatte von diesen Palästen geträumt, nach allem, was er von ihnen gehört hatte, manches lange Jahr hindurch. Sein kindlicher Sinn hatte die Dachbalken bemalt und geschnitzt mit unglaublichen Einfällen. Da er zum Manne geworden war, hatte seine Sehnsucht unter diesen Palästen geweilt. Er hatte seine Sehnen gestählt in manchem Kampf, er hatte Beschwerden ertragen und sich Freuden versagt um dieses Anblickes willen - Tara unter ihm und seine Füße auf dem Wege dorthin! Die Sonne stand hoch am Himmel, er brauchte seine Schritte nicht zu beschleunigen. Die Paläste des Conn, Sohn des Felimy, des Königs, den sein Vater geliebt hatte; die Paläste, in denen Goll nun den Herrn spielen konnte als Anführer der Fianna von Irland! Einst war Uail der Anführer der Fianna gewesen. Goll hatte ihn erschlagen.

„Es ist ein schöner Anblick“, sagte eine Stimme neben ihm, „erfreue dich daran! Morgen wird die Sonne auf geschwärzte Ruinen herabschauen.“

„Wer bist du“, rief Fionn aus, „der du eine solche Vernichtung prophezeist?“

„Ich bin Datho, einer, der Länder und Untertanen an diesem Orte hat. Wärest du nicht auf dem Lande erzogen und ein Fremder, würdest du wissen, daß am Sowan-Abend, alle drei Jahre, Allyn, Sohn des Midna, Tara abbrennt.“

„Ein Mann brennt Tara ab?“

„Er ist vom Volke der Dana; und jene, die weise sind in solchen Dingen, sagen sogar, daß er vom Berge des Schmiedes komme, vom Slieve Cullion.“

„Der Berg des Cullion! Der Berg des Mananaun?“

„Von diesem Berge! Und vom Shee Finnacha, wo Lear selbst wohnt, kommt er; dem Hohen Leuchtenden Wohnplatz auf dem Gipfel des Berges, der gekrönt ist mit Flammen, roter als Karfunkelsteine, während der Stunden des Tages und mit Weißem Feuer zur Nacht, damit kein Mensch und kein Tier, auch nicht das kleinste kriechende Wesen dieses Reich betrete.“

„Haben die Götter nicht genug an Ehre?“ fragte Fionn. „Haben sie nicht Lob und Preis und Opfer in Fülle? Warum quält dieser eine uns?“

„Wenn die uralten Felsen es wissen, bewahren sie das Geheimnis. Aber die Menschen werden nie ohne Geschichten sein über irgendwelche Geschehnisse oder taub für Prophezeiungen und Schicksalsdeutungen.“

„Was für Geschichten haben sie von diesem Geschehnis?“

„Sie sagen, es sei um eines Speeres willen. Sie sagen, daß Uail, der Anführer des Clan Bassna war und Häuptling der Fianna, diesen Speer aus einem Faerypalast genommen habe, aus dem Palaste des Allyn, Sohn des Midna.“

„Wo ist der Speer?“ rief Fionn aus.

„Wo ist des letzten Jahres Schnee?“ sagte der Mann.

„Ist es Goll vom Clan Morna, der den Speer hat?“

„Er ist nicht bei Goll oder bei irgendeinem Menschen, soviel ich weiß. Goll erstürmte die starke Burg des Uail und nahm manchen Schatz daraus mit, aber er nahm nicht den Speer.“

„Ist die Kraft verwelkt in der Hand eines jeden Helden? Haben die Bataillone der Fianna keine Kraft, den Brand zu verhindern?“

„Du kannst deine eigene Kraft in dieser Sache versuchen, so du es willst“, sagte Datho. „Der König bietet dem Mann, der den Brand verhindert, sich selbst eine Belohnung zu erwählen, und verspricht ihm die Erfüllung seines Herzenswunsches.“

„Hat Goll einen Versuch gemacht?“

„Ja, Goll hat einen Versuch gemacht, und Golls Bruder Garra, und der kahlköpfige Cunnaun. Der König selbst hat einen Versuch gemacht, und er hat geschlafen wie die andern.“

„Geschlafen!“

„Eben - geschlafen! Denn wenn Allyn, Sohn des Midna, kommt, bringt er eine solche Musik mit, die jeden Menschen, der sie vernimmt, einschlafen läßt, selbst einen Leidenden im Höhepunkt seiner Qual. Die Hunde schlafen, sogar die Ratten auf den Speichern schlafen. Jedes lebendige Wesen, das atmet, schläft, bis Allyn, Sohn des Midna, aufhört zu spielen. Er bringt Musik statt eines Schwertes.“

„Wäre Uail, Sohn des Trenmor, hier, müßte er sein Schwert gebrauchen.“

„Uail konnte sein eigenes Haupt nicht schützen auf seinen stolzen Schultern“, sagte Datho.

„Wer bist du, der du so leichthin einen Namen in den Mund nimmst wie den des Uail, Sohn des Trenmor, Sohn des Bassna?“

„Einer, der ihn in seiner Herrlichkeit gesehen hat, ein- oder zweimal; aber wenn du mit einem Mann aus dem Clan sprechen willst, der ihn schätzte von Kindheit an, dort humpelt der heran, den du suchst!“

Ein großgliedriger Mann - vom Alter gebeugt, aber nicht bezwungen - ging schweren und lahmen Schrittes den Weg entlang. Er trug drei frischgefangene Forellen an einem Wurfspeer.

„Dieser Mann“, sagte Datho, „ist Fiacha, Sohn des Conga, einst ein Mann von Bedeutung, ein Gefolgsmann, der seine Zukunft für Uail zerstörte. Lieber, als daß er sich dem Goll unterwirft, lebt er in einer armseligen Hütte, selbst ohne einen Hund, der seine Armut teile.“

„Ich will mit ihm sprechen“, sagte Fionn.

„Komme hierher, Fiacha, Sohn des Conga“, schrie Datho, „hier ist einer, der dich befragen möchte!“

„Ich bin keinem Manne verpflichtet“, sagte Fiacha, „wer mich zu befragen wünscht, mag mich Schritt für Schritt auf dem Wege begleiten.“

„Wohl gesprochen“, rief Fionn aus, ging zu dem alten Manne herüber und begleitete ihn, Schritt für Schritt auf dem Wege.

„Was für einen Namen trägst du“, fragte Fiacha, „du, der du mich befragen willst?“

„Ich bin Fionn, Sohn des Uail, Sohn des Trenmor, Sohn des Bassna.“

Der alte Mann blieb plötzlich stehen auf dem Wege, seine Hände begannen zu zittern.

„Warum sagst du solche Dinge, mich zu versuchen!“ rief er aus.

„Ich sage dir die Wahrheit. Habe ich keine Ähnlichkeit mit meinem Vater?“

Der alte Mann forschte eifrig in Fionns Antlitz. „Du hast die Augen Uails“, sagte er, „und wenn du wirklich sein Sohn bist, erzähle mir, welche Zeichen waren auf dem Schatzbündel des Uail.“

„Das Schatzbündel stammt vom Königlichen Palaste des Angus. Die Zeichen, die auf dem Schwellenstein vom Palaste des Angus sind, trägt auch das Schatzbündel.“

„Oh, wenn deine Hände es berührt haben, sage mir, welche Zeichen trägt es von innen?“

„Im Innern trägt es die Zeichen der geheimen Namen jener vier Schätze, welche die Götter der Dana von der Himmelswelt mitbrachten."

„Möge die Sonne dich schützen, Fionn, Sohn des Uail: möge die Erde deine Wege behüten. Hast du, mein Herr, das Schatzbündel des Uail?"

„Ich habe das Schatzbündel."

„Puls meines Herzens und Häuptling des Clan Bassna! Ich habe eine Gabe für dich", sagte Fiacha, „obwohl ich arm bin und gebrochen - ich habe ein Ding verborgen, einen Schatz, von dem ich nie erhofft habe, ihn einmal in die Hand von Uails Sohn geben zu können."

„Gut wird die Gabe eines Menschen sein, der meinen Vater liebte. Erzähle mir davon."

„Es ist der Speer, den Uail den Göttern der Dana nahm. Ich ergriff ihn schnell in seiner Hülle aus Finsternis, während Goll und sein Volk die Burg erstürmten. In die Hülle gewickelt begrub ich ihn, und über der Stätte, an der ich ihn begraben hatte, erbaute ich meine arme Hütte. Heute abend, wenn du es willst, sollen deine Hände ihn halten."

„Fiacha, Freund meines Vaters, mit diesem Speer möchte ich heute nacht mein Erbe zurückgewinnen; denn ich beabsichtige, mein Glück zu versuchen im Kampfe mit Allyn, Sohn der Midna."

„Furchtbar ist der Speer, Sohn des Uail. Ich will dich mit ihm nicht in deinen Tod locken. Wer weiß, ob Allyn geschlagen werden kann."

„Ich war gewillt, mit ihm zu streiten, ehe ich dich traf. Mit oder ohne Speer will ich es übernehmen, Tara heute nacht zu bewachen."

„Das Wort in deinem Munde ist das Wort eines Häuptlings. Eile nach Tara, sage nichts von dem Speer. Ich will ihn dir im geheimen bringen, wenn du dir deinen Kampfplatz ausgewählt hast."

„Fiacha", sagte Fionn, „hätte mein Vater gelebt, so hätte er mich in ein fürstliches Haus zur Erziehung geschickt. Ich hatte eine edle Pflegemutter, wenn sie mich auch ohne ein Dach aufgezogen hat. Niemand ist mein Pflegevater. Wenn ich siege, heute nacht, will ich dein Pflegesohn sein."

„Erringe den Sieg, Sohn des Uail. Ich müßte dir das sagen, auch wenn du niemals ein zweites Wort an mich verschwenden solltest. Erringe den Sieg für Uail, der tot ist, und für die geschlagenen Männer des Clan Bassna."

„Für Clan Bassna!" sagte Fionn, und er schritt eilig weiter auf dem Weg nach Tara.

## CONN, DER HUNDERT-STREITER

Conn, der Hundert-Streiter, saß auf seinem Ehrensitz in der königlichen Halle zu Tara. Ein Turm der Stärke war Conn, der Hundert-Streiter, eine flammende Fackel der Tapferkeit, eine brennende Kerze der Freigebigkeit. Prächtig gekleidet strahlte er Helligkeit aus von seinem Platze. Der Haupt-Druide, Kith der Rote, war an seiner Rechten, das Haupt geschmückt mit einem goldenen Stirnband, das purpurne Gewand bestickt mit sieben Farben; an seiner Linken war der Königliche Dichter, gekleidet in seinem Festgewand aus hellen Vogelfedern. Riesige wächserne Kerzen erleuchteten die Halle, ihre Spiegelbilder tanzten und flackerten auf den Wänden, die ganz mit dünnen Platten gehämmerten Kupfers bedeckt waren. Befestigt mit Nägeln und Knöpfen aus roter Bronze war dieses Kupfer und geformt zu Gestalten fremdartiger Vögel - solchen, die den Druiden in ihren Schauungen erschienen. Auf dem Federbusch dieser Vögel glitzerten Juwelen, kunstvoll hineingearbeitet, rote Karfunkelsteine dienten ihnen als Augen.

Schwermut lag auf dem Gesicht des Conn; er runzelte die Stirn und blickte finster drein. Seine Gedanken waren bei dem Brand von Tara. Und während er noch so dasaß, ertönten draußen Trompeten - große Trompeten von Bronze mit ehernem Klang, von einer Größe, daß ein Mann sie kaum tragen konnte; ihr Ertönen war wie das Gebrüll unirdischer Stiere, wie Donner, eingeschlossen in eine Höhle. Sieben solcher Trompeten riefen, und die Erde hallte wider von dem Klang. Kaum hatte die Luft aufgehört zu erzittern, als Conn den Glockenzweig ergriff, den Zweig aus Silber mit kleinen Glocken daran, wie goldene Äpfel. Conn schüttelte ihn zum Zeichen des Schweigens in der Halle; er klang in hohen, süßen, unirdischen Tönen, dem Zwitschern kleiner Vögel im Frühling gleich. Die laute Stimme des Heroldes ertönte von draußen:

„Der Hoch-König von Irland, Conn der Hundert-Streiter, bietet demjenigen, der Macht oder Geschicklichkeit hat, Tara in dieser Nacht vor den Flammen zu bewahren - sei es nun ein Krieger, ein Magier, ein Weiser, ein Dichter, oder ein einfacher Handwerker - die Gunst, sich selbst eine Belohnung zu erbitten und die Erfüllung seines Herzenswunsches, sofern diese in eines Königs Macht liegt."

Wiederum ertönten die Trompeten, und während sie noch tönten, betrat Fionn die Halle. Sein rotgoldenes Haar und seine hohe Gestalt hätten die Blicke der Menschen in jeder Versammlung auf sich gezogen. Groß und gelenkig und stark war er und jung und schön anzuschaun, sein Haar war fest um sein Haupt gewunden, geflochten wie die Locken eines Helden, der fertig ist zum Kampf; er trug jedoch weder Schild noch Waffen, außer dem kurzen Schwert in seinem Gürtel.

„Gegrüßt sei der Hoch-König von Irland", sagte Fionn, „möge sein Glück wachsen und gedeihen!"

„Grüße und Segen dir, junger Krieger", antwortete Conn.

„Hoch-König von Irland", sagte Fionn, „wenn es den Göttern gefallen sollte, daß ich Tara in dieser Nacht vor den Flammen bewahre - willst du mir wirklich die Gunst gewähren, mir eine Belohnung zu erbitten und die Erfüllung meines Herzenswunsches zu finden?“

„Ich will es wirklich gewähren“, sagte der König.

Fionn schaute zu jenem Platz herüber, wo Goll saß, breitschultrig und mit grimmigen Augen unter dichten Brauen.

„O König“, sagte Fionn, „es wäre möglich, daß sich manchem Lord in dieser Versammlung die Belohnung, die ich zu erbitten gedenke, als unerfreulich erweist. Ich wüßte des Königs Wort gern an Bürgen gebunden.“

Conn lachte und schaute sich in der Halle um. Könige aus den fünf Provinzen Irlands waren da. Sie waren gekommen, teilzunehmen an den Feierlichkeiten des Sowan-Festes. Bekannte Magier und Druiden waren da.

„Du hast ein stolzes und kühnes Herz, mein Held“, sagte Conn, „willst du die Bürgschaft der Könige, die hier sind, und die des Roten Kith, des Haupt-Magiers und jener Magier, die in seinem Gefolge sind?“

„Ich könnte keine besseren Bürgen erbitten“, sagte Fionn.

Dann wurde der Eid besiegelt mit magischen Knoten und der Kraft von Erde und Feuer und Wasser zur Zufriedenheit Fionns. Es war eine Erhebung der Herzen für die Versammelten.

„Sage mir, mein Teurer“, sagte Conn, „aus welchem Geschlechte stammst du, und wie ist der Name deines Vaters?“

„Hoch-König“, sagte Fionn, „ich habe meines Vaters Namen bisher nicht genannt außer im geheimen; laß ihn geheim bleiben, wenn ich umkomme heute nacht. Wenn ich den Sieg erringe, will ich meines Vaters Namen bekanntmachen und das Geschlecht, aus welchem er stammt, zugleich mit der Bitte um meine Belohnung.“

„So sei es, mein Falke des Kampfes“, sagte der König, „und wenn es dir an Schild oder Speer fehlt, wähle von meinem besten Vorrat.“

„Es wurde mir eine Waffe angeboten“, sagte Fionn, „sie wird mir genügen.“

„Möge die große Königin des Kampfes dir Macht dazu verleihen!“ sagte der König. „Und nun trinke ein Horn Met mit mir und mit diesen Königen und Lords. Sie sind dir wohlgesinnt.“

Die Mundschenken des Königs füllten ein Trinkhorn aus weißer Bronze. Fionn nahm es in seine Hand.

„Erringe Sieg und Segen, o König“, sagte er, „zu dieser Stunde und in jeder Stunde, die der Götterschmied für dich heraushämmert.“

„Erringe Sieg und Segen, mein Falke des Kampfes!“ sagte der König.

Fionn wandte sich und ging in die zunehmende Nacht hinein.

## DER SPEER BIRGHA

Hinter Fionn kauerte das von einem Wall umgebene Tara in Dunkelheit. Der König hatte es so befohlen. Nicht der kleinste Schimmer eines Wegelichtes war irgendwo zu sehen. Wenn Tara flammte diese Nacht, würde es durch Allyn, Sohn des Midna, angezündet sein. Von Norden her würde der Sohn des Midna kommen; vielleicht war er schon unterwegs in diesem Augenblick, und Fionn hatte den Speer nicht. Wachsam wie ein Wolf stand er da; seine Augen durchforschten die Dunkelheit, seine Ohren durchforschten die Stille; bevor er irgend etwas sehen konnte, erkannte er an schwachen, kaum wahrnehmbaren Geräuschen, daß irgend jemand nahte mit verstohlenen, vorsichtigen Schritten.

„Sohn des Uail“, flüsterte eine Stimme, „ich bin es, Fiacha, ich habe den Speer.“

„Meinen Segen über dich“, sagte Fionn, „gib ihn in meine Hände; ich habe ihn mir zur Waffe erwählt für diese Nacht.“

„Furchtbar ist der Speer“, sagte Fiacha, „Birgha heißt er. Fühle, wie die Klinge springt und bebt, obwohl die Hülle, die sie so fest umwindet und vollständig bedeckt, sie blendet und in Schranken hält. Ein Dämon windet sich dort. Nur einmal hat dein Vater die Klinge enthüllt und - durch einen Zufallssprung aus seiner Hand - trank sie das Lebensblut eines Kriegers, den er liebte.“

Fionns Finger umschlossen ungestüm den Griff, seine Hand bewegte er vorsichtig an der verhüllten Klinge entlang.

„Er lebt, wahrhaftig“, sagte er, „aber die Hülle, die ihn umschließt, scheint nicht mehr zu sein als ein seidener dünner Schleier.“

„Nimm diesen Schleier nicht fort, bevor du bereit bist, den Speer zu werfen. Es ist eine Hülle aus irgendeinem ausländischen Gewebe, so fein, daß du es durch deinen Daumenring ziehen könntest. Sie kam von dem gleichen Palaste, aus welchem dein Vater den Speer raubte, die Glut der Klinge hat sie nicht abgetragen, und die Jahre im Versteck konnten ihr nichts anhaben. Ich wünsche, du könntest ihre Farben sehen! Es ist eine Hülle aus dem Faeryland.“

„Meine Mutter kam von dort, vielleicht hatte sie solche Gewänder.“

„Lenke deinen Sinn nicht auf irgend etwas anderes als das Werk der Nacht“, sagte Fiacha. „Wenn der Schlaf meine Lider nicht schwer macht, wird mein Herz mit dir wachen.“

„Dein Herz wird wachen“, sagte Fionn, „und die Toten, die deine Gefährten waren, mögen mit dir wachen! Gehe in Sicherheit deinen Weg zurück!“

„Erringe Sieg und Segen, Sohn des Uail! Sollte diese Nacht dich aus dem Leben stoßen, sage Uail, daß Fiacha, Congas Sohn, treu war.“

Fionn war allein. Der Speer erzitterte und wand sich unter seinem Griff. Die dunkle Ebene dehnte sich weithin aus zum dunklen Horizont. Es war Sowan-Abend. Niemand, der es eben einrichten konnte, war außerhalb des Hauses am Sowan-Abend. Jede von Palisaden umgebene Burg, jede mit Flechtwerk umzäunte Hütte war geschlossen und verriegelt heute abend. Aber die Burgen des Volkes der Dana waren offen. Die Bergpaläste waren offen. Heute abend wanderte das Volk der Dana umher. Heute abend hatten die De-Danaans Macht. Heute abend konnte ein Mensch, der das Wagnis unternehmen wollte, die Götter befragen. Fionn umschloß den Speer noch fester mit seiner Hand. Er war froh, das dämonische Leben darin zu spüren; er war froh, zu fühlen, wie er sich wand und drehte, ungestüm und giftig.

Die Nacht schlich stumm vorüber, wie ein verwundetes, müdes Tier, das schleppend trägt an seiner schweren Länge. Fionns Gedanken schleppten sich müde und schwer dahin wie die Stunden. Seine Hände rangen mit dem Speer. Keine Sicht - kein Geräusch - nicht die geringste Bewegung irgendwo. So schleppten sich die Stunden dahin, endlos, gleichgültig, träge. Aber plötzlich straffte sich in seinen Händen der Speer. Die Erde bewegte sich. Die Luft nahm Leichte an. Musik! Ja, es war Musik, weit, weit fort - eine schwache Musik, aber durchdringend und von einer unirdischen Schönheit.

Fionn konnte später niemals sagen, was für ein Instrument es war, das da spielte. Es war wie eine hohe singende Stimme; und indem er sie vernahm, machte er innerlich einen großen Freudensprung. Er fühlte, wie er sich über sich selbst erhob, wie er hoch über sich selbst schwebte, als ob er es der hohen Welle der Musik gleichtun wollte. Die Musik brandete plötzlich überall auf;

in der Erde, in der Luft, in den niedrigen, fernen Hügeln und in dem nahen, dunklen Druiden-Hügel von Thlacta. Stimmen riefen in der mächtigen Brandung, frohlockend, herausfordernd, Stimmen, durchdringend süß, immer auf einem Tone verweilend, herbe Stimmen, die sich auf und ab bewegten wie Flammenzungen. Ausgedehnte Litaneien erklangen mit zahlreichen Antworten, als ob jedes Blatt im Walde eine Zunge hätte. Trompeten gaben ihr Dringlichkeit. Cymbals ertönten und die süßen Saiten der Viola und Pauken und Harfen. Überirdische Stimmen sangen in erhabenen Chören. Und durch das ganze Gewirr der Töne rann - funkelnd und glitzernd wie Sterne in der Milchstraße, wie Feuerfunken, die vom Amboß sprühen - das myriadenfache, silberhelle Klingen geläuteter Glocken.

Von Minute zu Minute änderte sich die Musik. Sie wurde umgestaltet, wie die schilfreichen Teiche sich umgestalten unter den Füßen des Windes; sie sammelte sich, wie eine Woge sich sammelt, bevor sie herniederstürzt. Und wie der Schaum auf dem eilenden, niemals verharrenden Gipfel der Woge, wie der silberne Blitz eines Salmes in strudelndem Wasser verging und erstand die anfängliche unirdische Melodie, das bezaubernde süße Singen, immer aufs neue. Ah - was war es, das der Sohn des Midna spielte? Warum vereinte sich Fionn mit ihm gegen sich selbst? Er spielte die Sterne vom Himmel, er spielte die Erde zu nichts, dennoch frohlockte Fionn und hob sich aus seinem Leibe heraus, zu lauschen. Was war dieser zarte, süße Gesang? Sonne, Mond und Sterne waren Staub im Winde, schwacher, zerstreuter Staub - und dennoch hielt der Gesang an: Wie konnte eine so zarte und feine Süße das Herz verzehren?

Nun war es das Herz des Fionn, das den Gesang nährte; seine Kraft war es, die im Winde zusammenschrumpfte; fast einer Ohnmacht nahe, lehnte er seine Stirn an die Speerspitze. Und dann wußte er etwas Seltsames. Der

Speer Birgha hatte einen Gesang - einen Gesang gleich einem Schaft aus weißem Licht! Birgha, der Speer, sang von Kämpfen und von Heldentaten, von Gefahren und Wagnissen und von Beschwerden, von Männern, die wagten und Sieg errangen, von Männern, die wagten und verloren und sich um den Verlust nicht kümmerten. Was für eine Kraft in dem Gesang war! Fionn gewahrte sein Herz wieder, und seine Füße erfaßten die Erde mit festerem Griff.

Aber war es die Erde - irgendeine Erde, die Fionn kannte? Das Gras nahm Grüne an, eine brennende, leuchtende Grüne, wie Tageslicht sie niemals gab. Blumen, scharlachrot, zinnoberfarben und azurblau - Blumen, auf welche die Sonne nie herabgeschaut hatte - erzitterten darin. Die große Kuppel des Himmels neigte sich tiefer und tiefer, ein brennender, unerträglicher Saphir.

Und nun sah er den Sohn des Midna, als sei er eben über die Weltenschwelle getreten. Alle Farben flammten und blitzten um ihn herum, Wogen von Musik brandeten auf und versanken; die Weiße seines Leibes in ihrer Mitte war wie das weiße Licht der Flamme.

Fionn riß die Speerspitze heftig gegen seine Stirn. Er stand für die Männer des Clan Bassna, Männer, die gewacht hatten und verhungert waren auf den Hügeln, Männer, die auf verheerten und verwüsteten Schlachtfeldern gestorben waren, Geflüchtete und Zerbrochene, Männer, die sich den Willen bewahrt hatten, dem Schicksal zu trotzen. Gejagt, getrieben, von der Armut gequält waren sie als Verbannte umhergezogen für Uail, seinen Vater, sie waren gestorben - einige von ihnen - für Fionn. Sie waren Blut von seinem Blut, Bein von seinem Bein. Riefen sie ihm nicht zu aus ihrer Qual heraus und aus ihrer unüberwindbaren Tapferkeit: „Stehe fest! Stehe fest!"

Fionn begann den Speer zu enthüllen; mit Bedachtsamkeit enthüllte er ihn, um den Schleier nicht zu verletzen. Und da er ihn befreite, war Allyn, Sohn des Midna - blendend, schrecklich in seiner Schönheit - ganz nahe über ihm. Für einen Augenblick stand er da wie ein heller unirdischer Vogel. Er schien Fionn nicht zu gewahren, seine Augen schauten durch Fionn hindurch und über ihn hinaus, als schauten sie in eine jenseitige Welt.

Er blies einen Atemstrom zwischen seinen Lippen hervor gegen die wallgeschützten Paläste von Tara.

Der zischende grimmige Zorn des Blitzes war in diesem Atem.

Fionn hatte inzwischen den Schleier gelöst; nahezu verzweifelt hielt er ihn ausgebreitet gegen die Gewalt der Flamme. Die Flamme spielte auf dem Schleier, und ließ ihn in tausend Farben aufleuchten, dann sauste sie zischend in die Erde.

Allyn, Sohn des Midna, blies ein zweites Mal einen Atemstrom zwischen seinen Lippen hervor gegen die wallgeschützten Paläste von Tara.

Er hatte die weiße Zornesglut des Blitzes - dieser Atem! Wie der Blitz schien und leuchtete er auf dem Schleier und sauste zischend in die Erde.

Allyn, Sohn des Midna, warf einen Blick um sich, wie ein Hirsch mit mächtigem Geweih um sich schaut, wenn er einer nahenden Gefahr im Walde inne wird und kaum noch weiß, ob er kämpfen oder fliehen soll.

Ein drittes Mal blies er einen Atemstrom gegen die wallgeschützten Paläste von Tara.

Ein drittes Mal fuhr die gewaltig zischende Flamme in die Erde hinein.

Dann wandte sich Allyn, Sohn des Midna, und floh.

Fionn, Sohn des Uail, faßte den entblößten Speer fester und sprang hinter ihm her. Und immer noch wogte die Musik, und immer noch erklangen die Stimmen durch die tönende Brandung, immer noch ertönte jedes Instrument in schwelgerischem Entzücken, während die sich drehende Erde und der sich drehende Himmel zusammenflammten. Fionn konnte keines Dinges sicher sein in dieser seltsamen Welt, außer dem Schlagen seines Herzens und dem Aufschlag seiner Füße im Lauf. Leicht wie die Flamme rannte Allyn, Sohn des Midna; und hinter ihm und um ihn herum und vor ihm blühte die Erde auf in Sternenfeuern.

Nordwärts eilten sie - nordwärts, den Gebirgen des Götter-Schmiedes entgegen, auf den Strahlenden Wohnplatz Shee Finnacha zu.

Durch die Untiefen der Boyne platschend, nahm Fionn eine Handvoll von dem silbernen, heiligen Wasser und überströmte damit Gesicht und Augen. „Heil Göttin", stieß er schwer atmend hervor, denn der Strom war der Dana geweiht, der Mächtigen Mutter. Es mag sein, daß sie ihm half, es mag sein, daß der Sohn des Midna die Andersheit von Fionns Welt spürte, welche seinen Bannkreis hemmte und durchdrang, denn er rannte mit abnehmender Leichtigkeit. Und Fionn, rennend wie ein Wolf - jenes Tier, welches jedes andere zu Fall bringt durch reine Beharrlichkeit - fühlte Kraft und Zähigkeit wachsen in sich.

So eilten sie nordwärts - immerzu nordwärts.

Allyn, Sohn des Midna, war nicht mehr von einer Aureole umgeben. Auch die Musik schwand dahin. Fionn erkraftete sich - und erkraftete sich aufs neue. Der Sohn des Midna war nichts anderes mehr als ein schlanker Jüngling, der müde vor ihm herrannte. Jedoch konnte er ihn nicht bis auf eines Speerwurfs Nähe einholen.

So war es, bis Slieve Cullion - der Berg des Schmiedes. des Hammerschwingers, des Bildners und Gestalters der Welt - sich auf ihrem Wege erhob. Fionn kannte den Berg, der dort gegen den Himmel ragte, steil und schroff. Allyn, Sohn des Midna, konnte ihn nicht erstürmen im müden Lauf. Fionn erkraftete sich aufs neue - aber er erreichte den Sohn des Midna nicht in eines Speerwurfs

Nähe. Dann plötzlich öffnete sich der Berg. Es war kein Berg mehr, sondern eine befestigte Burg, ein großer Palast, dessen Dächer und Zinnen zu den Sternen emporglitzerten und sich zwischen ihnen verloren.

Geräumig wie das Innere eines Berges war der Palast. Er erstrahlte in sanftem, wechselndem Licht, und aus den tiefen Nischen seines Portals schauten die De-Danaans hervor wie hellfarbene Blüten. Sie riefen dem Allyn, Sohn des Midna, Mut zu. Der jedoch rannte immer müder, Schritt für Schritt zurückbleibend. Fionn - rennend wie ein Wolf auf den Spuren einer Hindin - schätzte seine Entfernung. Plötzlich, mit all seiner Kraft, warf er den Speer Birgha. Der traf den Sohn des Midna zwischen den Schultern und durchbohrte ihn. Da stießen die De-Danaans einen großen, angstvollen Schrei aus, aber der Sohn des Midna raffte seine letzte Kraft machtvoll zusammen und blieb auf seinen Füßen. Immer schwächer werdend und schon einer Ohnmacht nahe, stolperte er weiter.

„Erringe den Sieg, o Blühender Zweig, erringe den Sieg!“ riefen die De-Danaans im Portal; aber sie verließen nicht den Schutz der Burg, sie streckten dem Sohn des Midna keine rettende Hand entgegen. Schon hatten dessen Füße fast die Schwelle erreicht, da ergriff Fionn ihn bei den Haaren und zog ihn zurück - zog ihn taumelnd zur Erde.

Bei diesem Fall ertönte ein Donnerschlag, die Luft war voll von Stimmen, die riefen: „Wehe! Wehe! Wehe!“ Aber kein Schimmer des strahlenden Lichtes war übriggeblieben und keine Zinne des in den Himmel ragenden Palastes. Unter der kalten Blässe bleichender Sterne ragte der Slieve Cullion schwarz zum Himmel.

In dem schwachen, kalten Licht der Sterne blickte Fionn auf seine Beute nieder. Allyn, Sohn des Midna, lag wie ein Toter; aber sein Leib - bleich und schlank, weiß wie der Schatten des Mondes im Wasser - zeigte keine

Wunde. Fionns Augen suchten nach dem Speer. Scharf wie ein Habicht, der den Grund absucht, suchte er nach dem Speer Birgha. Er war nirgendwo - nirgendwo. Fionns starrer Blick wandte sich wieder dem Sohne des Midna zu. Er war nicht geneigt, die Waffe zu ziehen gegen diese Schönheit, seine Hände waren nicht geneigt, noch einmal ein Haar zu berühren von solcher strahlender Helligkeit.

Der Sohn des Midna stützte sich auf einen Arm und richtete sich auf. Er lächelte müde und spöttisch zu Fionn hinauf. Seine Augenlider lagen schwer auf den Augen.

„Mein Kopf gehört dir", sagte er, „für eine Nacht und den Teil eines Tages. Der Speer gehört mir bis zum Ende der Zeit. Ich beklage den Tausch nicht."

Er ließ sich zurücksinken zur Erde; er schloß die Augen. Danach sprach er kein Wort mehr. Er holte keinen Atem mehr.

Fionn nahm sein Haupt.

## TARA

Die Edlen von Tara, an den Pforten des Palastes, breiteten ihre Mäntel aus, auf daß Fionn darüberschreite, und riefen:

„Möge der Retter von Tara uns Kampfesglück verleihen."

Und so trat er stolz vor den König.

„Conn, du Hundert-Streiter, Sohn des Felimy, Hoch-König von Irland", sagte er, „ich bringe dir das Haupt des Allyn, Sohn des Midna; gewähre mir meinen Herzenswunsch und den Lohn, den ich selbst erbitte. Es ist Fionn, der Sohn des Uail, Sohn des Trenmor, Sohn des Bassna, der dich bittet."

Durch die Halle ging ein Geklirr von Waffen und ein Gewoge von Stimmen; und Häuptlinge sprangen auf ihre Füße. „Fionn, Sohn des Uail! Sohn des Trenmor!" Manche flüsterten es in Bestürzung, manche zweifelnd, manche in unverhohlener Freude. „Sohn des Uail“ - der Name ging durch die Versammlung - „Sohn des großen toten Häuptlings. Fionn, der Retter von Tara!“

Conn, der Hundert-Streiter, schüttelte den Glockenzweig, bis eine große Stille in der Halle entstanden war.

„Setzet das Haupt desjenigen, der Tara brandschatzte, auf einen Pfahl, und errichtet ihn über den Wällen, auf daß die Sonne mit Verachtung auf es niederschaue und die Augen des Volkes es betrachten“, sagte der König, „und leihet ein Ohr dem Helden, der uns Befreiung brachte.“

In der ganzen Versammlung war niemand, der seinen Blick nicht Fionn zugewandt hatte.

„Sohn des Uail, was ist deine Bitte?“ fragte Conn, der Hundert-Streiter, „und was wäre die Erfüllung deines Herzenswunsches?“

„Ich erbitte die Herrschaft über die Fianna von Irland“, sagte Fionn, „und Vergeltung und Ehre und die Gunst der königlichen Unterstützung für die geschlagenen Männer des Clan Bassna; das ist meines Herzens Wunsch.“

„Die Herrschaft über die Fianna hast du errungen“, sagte der König, „und Gunst und Vergeltung und Ehre für die Männer des Clan Bassna; und hier, vor den Königen und den Dichtern und den königlichen Druiden, sollen die Häuptlinge und Anführer und Helden der Fianna dir den Treueid schwören. Und wenn einer da ist, der dir seine Dienste vorenthält, so möge er ein Schiff nehmen nach Alba oder nach irgendeinem Land, das ihm gut dünkt auf der weiten Welt, und von hinnen gehn.“

Goll, der Sohn des Morna - bis zu diesem Augenblick Anführer der Fianna von Irland - sprang auf seine Füße.

„Fionn, Sohn des Uail“, sagte er, „dein Kampfgeschick übertrifft das meine. Ich lege meine Hand in die deine. Ich bin dein Mann.“

Golls Brüder, Garra und Cunnaun und Art, und die Häuptlinge, die ihnen im Rang am nächsten standen, erhoben sich und sprachen, wie Goll gesprochen hatte; und mit Eiden und feierlichen Zeremonien verbanden sie sich in Treue mit Fionn. Jedoch während sie ihn mit stürmischem Beifall grüßten, erhob sich draußen ein lärmendes Geklirre und Geschrei, und einer betrat die Halle und schrie:

„Sehet ein Wunder - ein Wunder, o König! Kaum hatten wir das Haupt des Allyn, Sohn des Midna, hoch auf einen Wallpfahl gesteckt, auf daß alles Volk es anschaue, kaum hatte die Sonne es betrachtet, als ein großer Vogel plötzlich vom Himmel herabstieß. Federn aus Silber und einen Schopf aus Gold hatte dieser Vogel. Er ließ sich auf den Wallpfahl nieder, er hegte und umhüllte das Haupt dort mit seinen Federn, erhob sich und trug es hinweg - unter süßem, wehklagendem Geschrei."

„Wir wissen wohl", sagte der König, „daß Allyn, der Sohn des Midna, zum Volke der Dana gehörte. Die kümmern sich um die Ihren."

Aber Fionn bewegte in seinem Herzen die Worte des Sohnes Midnas:

„Mein Haupt gehört dir für eine Nacht und den Teil eines Tages. Der Speer gehört mir bis zum Ende der Zeit. Ich beklage den Tausch nicht."

# DER PALAST VON ALOON

# Der Palast von Aloon

Prunkvoll und unter Trompetengeschmetter bezog Fionn den Palast von Aloon. Freigebig und großzügig hielt er haus dort. Der Palast war ein Teil seiner Erbschaft; das Strahlende Volk hatte ihn erbaut für Moorna, seine Mutter.

Schön wie ein Traum war der Palast von Aloon. Die Menschen priesen sich glücklich, wenn sie ihn anschauen konnten. In lichten Farben lag er auf dem lichten Hügel, wie eine Blume oder ein Stern. Ein großer Herrscher des Strahlenden Volkes hatte ihn erbaut, Nuada, der Silber-Strahlende. Er erbaute ihn durch Gesänge und Zauberrunen und die Freudigkeit seines Herzens. Aus Liebe zu ihm fügten mächtige Dämonen die Steine zusammen, einen auf den anderen legend, riesenhafte Steine von solcher Art, wie nur Dämonen sie aufheben können. Lugh, der ein Meister jedweder Kunst ist, schnitzte den oberen Torrahmen und bemalte die Wände. Und jede Art von kunstvoller Stickerei und jede Art von Schmiedekunst in Gold und Bronze und Silber und jedwedes Kunstwerk aus Kristall, welches das Herz sich ausdenken kann, war hier zu finden.

Unterhalb des Palastes breitete sich die weite, wolkenbeschattete Ebene aus mit den Bahnen für das Wagenrennen und dem Weg, der nach Tara führte.

Voller Freuden war das Leben im Palaste von Aloon. Harfner musizierten und Flötenspieler und Paukenschläger. Und Lachen und Singen erfüllte die Hallen. Die grünen Plätze, eingefaßt von Palisaden, hatten viele schattenspendende Bäume, und in deren Zweigen war das Schwirren von Vogelschwingen und ein freudiges Zwitschern und Jubilieren. Dichter und Druiden und junge stolze Krieger waren im Palaste von Aloon, auch Jünglinge, die gekommen waren, die Sitten der Ritterschaft zu erlernen als Vorbereitung auf den Eintritt in die Fianna. Es war nicht leicht, in die Fianna aufgenommen zu werden. Fionn nahm niemanden auf, der die Gesetze der Dichtkunst nicht beherrschte und die Geheimnisse des Reimes und der Assonanzen nicht kannte; er nahm niemanden auf, der sich mit seinem Schild und einer Haselrute nicht schützen konnte vor neun Speeren, die alle auf einmal nach ihm geworfen wurden; niemanden, der einem Verfolgerwettrennen durch einen Wald nicht entkommen und unverwundet zwischen den Zweigen hervortreten konnte und ohne daß eine Strähne seines geflochtenen Haares sich gelöst hatte; niemanden, der nicht im Lauf über einen Zweig springen konnte in der Höhe seiner eigenen Größe, oder unter einem herlaufen konnte in der Höhe seiner Knie. Eine treue Bruderschaft herrschte innerhalb der Fianna. Niemand bat seine Verwandten um Hilfe, wenn er ein Unrecht, das ihm angetan worden war, zu rächen hatte, oder wenn Unglück über ihn gekommen war - lieber bat er seine Gefährten -, und ein jeder war gebunden an edle Lebensregeln; er war ein Geber von Geschenken, ein Lord der Gastfreundschaft, ein Helfer der Bedürftigen und jener, die in Gefahr und Bedrängnis waren; niemals war er hochmütig gegen irgendwen, sondern edel und ritterlich in Wort und Tat. Goll gehörte zur Fianna und Garra, sein Bruder, und Cunnaun auch. Lewys Sohn gehörte zu ihr und Diarmid, der so schön war wie Angus, der Ewig-Junge. Keeltya, der so eng befreundet war mit Fionn, gehörte zu ihr und Fionns Sohn Usheen und der Sohn des Usheen, Oscar, und viele andere, welche die Geschichtenerzähler und Dichter rühmten.

Wie ein stolzverzweigter Baum, der Blätter und Früchte zu allen Jahreszeiten trägt, und der immer Vögel hat, die in seinen blühenden Zweigen singen, war die Fianna, wie die rote frohe Sonne, die Freude ausstrahlt von ihren Mühen. Für eine Weile triumphierte und blühte er, und die weiten freien Winde des Himmels umwehten ihn, und ganz Irland gehörte ihm. Aber die Sonne muß zu ihrem Untergang kommen und jeder Baum stürzt erdwärts zuletzt. So war es auch mit der Fianna, mit ihrer Wurzel, ihren Ästen und ihren blühenden Zweigen.

Hochaufgeschichtete Steinhaufen und Grabhügel ihrer Königinnen und Krieger behaupten ihren Platz bis zum heutigen Tage. Aber wehe dem Palaste von Aloon! Nicht ein Stein von seinen magischen Steinen ist übriggeblieben für den vorübergehenden Wanderer, ihn zu bewundern.

# SABA

# Saba

Eines Nachts wachte Fionn in seinem Palaste von Aloon unruhigen Herzens. Eine große Rastlosigkeit kam über ihn und eine Sehnsucht, lieber die Sterne über seinem Haupte zu haben als die geschnitzten Deckenbalken von Aloon. Er erhob sich, ohne seine Dienerschaft zu wecken, und rief leise nach den Hunden Bran und Sgeolaun. Oftmals hatte er sich hinweggestohlen in der Gesellschaft dieser beiden Hunde, der edlen, schneeweißen Bran und des weißen, goldgesprenkelten Sgeolaun. Es waren Hunde aus dem Faeryland, diese beiden. Sie bargen Zauberblut in sich und übermenschliche Weisheit. Still stahlen sich die Hunde mit Fionn aus dem Palast. Und diese drei wanderten zusammen durch die Nacht, ohne sich darum zu kümmern, wohin der Zufall sie führen würde.

Als der Himmel erbleichte in der Weiße der Dämmerung, ehe noch die Erde die Flamme der Sonne gefühlt hatte, kamen sie zu einem Wald dichtverflochtener, dorniger Bäume, die sich dunkelpurpurn unter den verblassenden Sternen erhoben. Seltsam verwachsen und knorrig und alt waren die Bäume dieses Waldes. Der Wind hatte ihnen die Blätter abgestreift, aber jeder Zweig war übervoll von karmesinroten Hagebutten; rot wie Blut waren die schweren Trauben. Kein Wind bewegte sie, kein Lufthauch berührte das schwelende Gold der entführten Blätter, die den Boden des Waldes so überreich bedeckten. Überall war Stille.

Weder Bran noch Sgeolaun wollten den Wald betreten. Sie saßen auf ihren Hinterbeinen am Rande des Waldes, blaß-weiß in seinem düsteren Schatten.

Fionn war von dem Anblick des Waldes wundersam berührt. Es schien ihm, als habe er ihn in einem Traum oder in einer Vision schon gesehen. Aber er ging nicht hinein. Er verharrte am Rande und ließ seine Gedanken wandern in dem lebendigen Dunkel des Waldes, ließ sie spielen im Netz seiner Zweige, das sich klar gegen den Himmel abzeichnete.

Diese Stille, drückend, unheimlich, bewegungslos, war überall. Dieser Friede, schwer von Süße, war seltsam und fremd. Die Jahre und Mühen, die ihn geprägt und geformt hatten, fielen ab von Fionn. Die Stille streifte sie ab, wie der Wind den Bäumen die Blätter abgestreift hatte. Aber wie die blutroten, seltsamen Trauben in ihrer Überfülle die Zweige belasteten, bedrängten ihn Erinnerungen - ganz im geheimen und kaum faßbar: Gesichter, die für einen Augenblick aufleuchteten, Stimmen, die riefen, Lachen, das widerhallte von einem Lande, das er einst geliebt hatte, das tief verborgen war jetzt, durchwoben von Spinngeweben der Vergessenheit.

Plötzlich, wie das Aufglänzen eines Mondstrahls auf dem Wasser - wie eine aufspringende Flamme - blitzte eine blaßsilberne Hindin aus dem Wald hervor.

Fionn bewegte sich nicht; denn die Hindin schien der Teil eines Traumes zu sein. Es war, als ob sie dort blaßsilbern aufloderte in der Jugend der Welt, in einer Zeit, weit entfernt von ihm, in einer Stille, teurer und verborgener als das Leben; aber die Hunde Bran und Sgeolaun sprangen auf und folgten der Hindin.

Sie schlugen nicht an, wie Hunde es tun, die Spuren eines gehetzten Wildes verfolgen. Stumm und auf leisen Füßen glitten sie hinter der Hindin her, diese beiden, deren lautes Bellen eine Koppel Hunde zu führen vermochte. Die Seltsamkeit des Geschehnisses weckte Fionn auf. Er schüttelte seine Träume ab und folgte den dreien.

Er holte sie ein, wo ein steinbedeckter Hügel abfiel zu einem Tal voll von singenden Strömen. Vom Taue naß lag es im dunklen Grün des Morgens. Auf diesem Platze waren die wunderlichen Gefährten. Unter einer Eberesche - scharlachrot von Beeren und noch dichtbehangen mit herbstlich zart-vergoldeten Blättern - stand die blaßsilberne Hindin, an jeder Seite - wie heraldische Tiere - saß einer der Hunde.

Als Fionn sich näherte, sprang die Hindin leicht und fröhlich den Abhang hinunter. Leicht und fröhlich tanzten Bran und Sgeolaun mit ihr davon, schmeichelten ihr, umsprangen und umhüpften sie in kunstvollen Bogen und Luftsprüngen, sich milchig-weiß und golden abhebend gegen ihre blaßsilberne Weiße; alle waren perlengleich in dem tauschweren Gras. Es schien Fionn, während er ihnen folgte, als bewege er sich immer noch in einem Traum, verwirrt und verirrt in der frühen Jugend der Welt. Wo sonst konnte er das alles schon erfahren haben: die blaßsilberne Hindin, die seltsamen, flammengleichen Hunde, die da umhersprangen und einherstolzierten, und den elfenhaften, blassen Zauber des Morgens.

Manchmal wandten sich alle drei, bewegt von dem gleichen launigen Einfall, um und kamen zurück, ihn zu umkreisen. Dabei schauten sie ihn durchdringend an mit einer wachsamen und geheimen Weisheit, als wollten sie diese mit ihm teilen, als wollten sie ihm ein Wissen zurückrufen, das er verloren hatte. Aber ehe er noch eine auftauchende Erinnerung ergreifen konnte, waren sie wieder fort und flackerten von ihm hinweg, mit hohen fröhlichen Sprüngen, listig ausweichend, wie die Geister der Luft, die niemals lange mit ihrem Fuß die Erde berühren können. Und in dieser wildfröhlichen Art führten sie Fionn, ihn umkreisend und umtanzend, dem Palaste von Aloon zu.

Der Osten war goldübergossen - denn dort schwenkten die Vorreiter der Sonne ihre Banner -, aber noch zögerten ziehende und quirlende Nebel an dunkleren Plätzen, als Fionn und die Hunde und die blaßsilberne Hindin - immer noch in dieser lustigen Art, sich weiterzubewegen - Aloon von Ferne erblickten.

Als sie den Palast fast erreicht hatten, war die Sonne über den Rand der Welt emporgestiegen.

Rot leuchteten die Bronzeplatten auf den Palasttüren, welche für Fionn geöffnet worden waren. Aber es war die silberne Hindin, die zuerst eintrat. Leichtfüßig sprang sie auf den Schwellenstein. Und als sie die Schwelle überschritten hatte, war es keine Hindin mehr, die dort auf Fionn wartete, sondern ein schlankes Mädchen in einem glitzernden Mantel aus Silber, glitzernd und wechselnd wie das Silber, das der Mond auf dem Meere ausbreitet. Fionn war so voller Staunen und Freude, daß er für eine Weile keine Worte hatte, aber sein Herz sagte ihm:

„Es gibt kein weibliches Wesen auf der Erde, das mir schön erscheinen könnte, nachdem ich dieses gesehen. Sie hat die Schönheit jedweder Frau in ihrem Angesicht."

Das Mädchen in dem Silbermantel stand lächelnd auf der Schwelle, und Fionn stand bestürzt und wortlos, bis Bran seine Hand leckte. Dann sagte er:

„Meine Gedanken künden mir, daß eine Königin von den Faeryhügeln in mein Haus gekommen ist."

Und sie antwortete:

„Ich bin Saba. Ich bin wirklich von einem Hügelpalast gekommen. Ich bin gekommen, um Schutz zu erbitten. Ich bitte dich um den Schutz deines Hauses - es ist ein Heiligtum - und um den Schutz der Kraft, die in dir ist, gegen den dunklen Schattenhaften, dessen Macht mich verzaubert."

„Schutz sollst du haben", sagte Fionn, „und wenn mein Schwert seine Geschicklichkeit nicht verloren hat, will ich dem dunklen Zauberer das Haupt von seinen Schultern schlagen."

„Wehe", sagte sie, „niemand kann ihn erschlagen oder ihn in irgend etwas anderes verwandeln. Aus seiner Macht kann ich mich nicht befreien, und meine eigene Gestalt vermag ich nicht zu bewahren außer in diesem

Hause - das ein Heiligtum ist. Er hat keine Macht, mich aus diesem Hause fortzunehmen, wenn ich es nicht aus freiem Willen verlasse. Und obwohl du soviel Kraft und Macht in dir hast, Hoher Held der Fianna, so kannst du doch außerhalb dieser Türschwelle nicht mehr für mich tun, als mich einhergehen zu lassen in der Sicherheit deines Schattens."

„Dieses Haus", sagte Fionn, „und das, was es an Wertvollem hat, gehört dir."

„Nicht so", sagte sie, „ich bitte nur um den Schutz dieses Hauses und um die Gunst, behütet zu werden von der Kraft dessen, der Herr desselben ist."

„Weiße Blüte der Freude", sagte Fionn, „wo du bist, sind alle Dinge nur Schatten deiner selbst. Gebiete mir, die Schwelle zu übertreten."

Da streckte sie ihm ihre Hände entgegen. Und so überschritt Fionn den Schwellenstein seines eigenen Palastes, und wahrhaft freudevoll war dieser Schwellenübertritt.

Die Tage und Stunden, die Fionn mit Saba zusammen verbrachte, überleuchteten alle anderen Tage und Stunden - überleuchteten sie sein ganzes langes Leben hindurch. Er brachte Saba seine Liebe entgegen, und sie wandte ihm ihre Liebe zu vom ersten Augenblick an. So wurden sie mit allen glückbringenden Riten und Zeremonien vermählt. Heller als sie jemals vorher geflammt hatten, flammten die Festkerzen in Aloon. Lauter und süßer tönten Harfe und Viola und die tiefklingende Pauke, reicher gekleidet und geschmückt waren die Dichter. Es war, als ob der Frühling zu knospen und blühen begonnen habe an einem dürftigen, schläfrigen Wintertag. Denn alles, was Aloon jemals gehabt hatte bis dahin, war wie die frostige Dämmerung des November gegenüber der Freude des Juni. Saba hatte keinen Wunsch, die Schwelle zu überschreiten und das Heiligtum zu verlassen, auch Fionn hatte keinen Wunsch, den Schwellenstein zu überschreiten. Tief in ihm lauerte eine Furcht, er würde nicht imstande sein, Saba zu behalten. Sie war Leben, sie war Glück, sie war der Stern der Weisheit - er würde sie verlieren -, kein Mensch bewahrte durch die Kraft seiner Hände oder durch die Weisheit seines Herzens diese Dinge länger als eine kurze Weile. Er hortete die Augenblicke. Er hatte ebensowenig den Wunsch wie Saba, den Schwellenstein von Aloon zu überschreiten.

So war es, bis die Männer von Lochlann hinunterkamen mit Schnabelschiffen, bei günstigem Wind an die Ostküste von Irland trieben und diese verheerten und verwüsteten mit Feuer und Schwert. Das Geschrei und die Klagen über diese Verwüstung kamen nach Aloon. Fionn mußte notgedrungen in den Kampf ziehen. Er rief die Fianna zusammen und bereitete alles vor zum Aufbruch mit seinen Hauptleuten und seinen Kämpen, seinen Schleuderern und seinen schnellfüßigen Boten und allen seinen Kriegsleuten. Speere blitzten auf in der Sonne, Banner bewegten sich wie hellfarbene Vögel, Schwerter klirrten auf Schildrändern, und Zuchthengste wieherten. Aber schwerer als ein Wurfstein, den ein Kämpe kaum zu heben vermag, war Fionns Herz. Er wählte von seinen tapfersten und edelsten Hauptleuten eine Mannschaft aus, die Saba zu bewachen hatte. Er vereidigte sie. Seine Druiden sprachen Schutzrunen und giftige Bannsprüche über die Toreingänge von Aloon und auf den mit Palisaden bestandenen Wällen und in den tiefen Gräben zwischen den Wällen. Sie vergossen Met, die Erde zu erfreuen, sie streuten Kräuter von wohlriechender Süße, den Wind zu bereichern - und das alles, auf daß Saba verschont bleibe von Harm.

Fionn und die Fianna schlugen die Seeräuber von Lochlann. Sie richteten eine große Verwüstung an unter ihnen. Sie legten Feuer an die Schnabelschiffe, die mit ihrem Bug auf den Strand gezogen worden waren, und trieben den Überrest der Männer von Lochlann in die wirbelnden Meeresströmungen. Als sieben Tage vorüber waren, beendete Fionn den Kampf und wandte sich Aloon zu. Eilig ging er und nur mit wenigen Fechtern, während seine Hauptleute die Beute verteilten. Er ließ seinen Heimkehrerruf ertönen, als er in Sichtweite des Palastes kam, auf daß Saba herausschauen möge, ihn zu grüßen. Aber die großen Tore waren wirr aufgestoßen. Saba war nicht da. Klagelaute kamen aus dem Palast. Fionn überschritt die Schwelle wie ein Vernichteter.

„Wo ist die Königin, die ich in eurem Schutz zurückließ?“ fragte er sein Volk.

„Wehe“, sagten sie, „gestern abend um diese Stunde kam einer in deiner Gestalt, so wie du jetzt kamst, und bei ihm waren deine eigenen beiden Hunde, Bran und Sgeolaun. Die Königin schaute hinaus von der Türschwelle aus. Die Gestalt, welche wie du war, rief nach ihr, und sie lief ihr entgegen, deinen Namen rufend. Aber als sie sich ihr näherte, wehe, war es nicht deine Gestalt. Sie sank zusammen zu einer Säule aus Finsternis, und in ihrem Schatten verwandelte sie sich in eine blaßsilberne Hindin. Sie wäre gern zurückgegangen zum Palast, aber die Hunde in den Gestalten Brans und Sgeolauns wurden mürrisch und böse. Sie knurrten sie an und trieben sie immer weiter und weiter von Aloon fort. So, die dunkle hohe Gestalt neben sich und von den schwarzen Hunden umknurrt, ging sie traurig hinweg.

Wir, die es beobachteten, waren wie tot. Wir hatten keine Stimme zu schreien. Wir hatten keine Macht, Hand oder Fuß zu rühren - bis sie fort war. Als Kraft zu uns zurückkam, brachen wir auf, und denke nicht, o Fackel des Kampfes, wir hätten irgendeinen Ort undurchforscht gelassen. Aber wie sollten Menschen, die nur sterbliche Klugheit haben, die nur Kraft in ihren Händen und Mut in ihren Herzen haben, Herrschaft gewinnen über die Verborgenen?“

Die Frauen unter der Dienerschaft Fionns fielen in ihr Klagegeschrei zurück, die Hauptleute warfen sich auf den

Boden, Fionn sprach kein Wort und schaute weder nach rechts noch links. Blindlings stolperte er in seine geheime Kammer.

Nicht bevor die Sonne zweimal aufgegangen und gesunken war, kam Fionn wieder hervor. Voll tiefen Kummers sah sein Volk die Verwandlung seines Antlitzes und die Schwermut seines Geistes. Aber niemand wagte, zu ihm von Saba zu sprechen. Sieben Jahre lang wagte niemand den Namen auszusprechen. Sieben Jahre lang blies Fionn kein Jagdhorn und nahm keinen der Hunde mit sich, außer Bran und Sgeolaun. Und mit diesen zog er suchend über die Hügel und durch die Täler Irlands in der Hoffnung, Saba zu sehen oder Kunde von ihr zu erhalten. Aber er sah sie nie und erhielt keine Kunde von ihr. Und niemals konnte er in der Dämmerung eines Morgens oder im Zwielicht eines Abends den Wald der sich verschlingenden Dornbäume mit jenen roten traubenartigen Früchten wiederfinden - den Wald der Silbernen Hindin.

Als sieben Jahre vorüber waren, welkte die Hoffnung, Saba wiederzufinden, im Herzen Fionns dahin. Er blies sein Horn wieder und zog auf die Jagd mit der Fianna. Und die war froh, ihn bei sich zu haben.

Eines Tages jagten sie auf den Hängen des Ben Gulban, des großen Berges, der wie ein Bug in das Meer hineinragt, wo er allmählich übergeht in weindunkle Vorgebirge und in von Nebeln umfegte kleine Inseln. Ai-noo-al, der Glückshund, schwarz wie Ruß, war bei ihnen und Derkame, und Deealath und Gloss. Cunnaun, der Kahle, hatte den langbeinigen Sharrak, Diarmid, der Braunhaarige, hatte Farran an einer Leine aus Silber, durchflochten mit Gold, Keeltya, der Sohn des Ronan, hatte Daol, Lewys Sohn hatte Fooam, Goll hatte Fothran. Fionn hatte Bran und Sgeolaun und die drei Hunde, die nach diesen beiden die weisesten waren: Lomair, Brod und Lumlooa. Nicht einer von allen den Hunden war ohne ein Halsband von weißer Bronze oder von Silber, eingefaßt mit Gold. Es war ein Morgen im Frühling, und die Hunde streckten sich im Lauf und bellten im Rennen. Fionn und seine Gefährten waren ihnen immer hart auf den Fersen, denn sie folgten der Spur eines Hirsches mit mächtigem Geweih. Bran lief allen anderen Hunden voraus. Ihre Weiße gegen den grünen Hang erfreute Fionn. Und während sich seine Augen an ihr weideten, gewahrte er einen Dornbaum - es war der einzige Baum auf diesem Teil des Hügels - weiß von Blüten in jedem Zweige, überschneit mit Blüten. Vor seinem Weiß verblaßte das Weiß der rotohrigen Bran. Stolz und edel gewachsen, erhob er sich gegen den Frühlingshimmel. Ein Wind neigte sich auf ihn hernieder und schüttelte ihn leicht. Und ein Gestöber von Blütenblättern wirbelte aus seinen königlich ausgebreiteten Zweigen und wehte auf den grünen Hang. Fionn konnte sich nicht entsinnen, daß hier jemals ein solcher Baum gestanden hatte.

Als Bran in großen Bogen und Schleifen bis an den Baum gekommen war, blieb sie stehen. Sie warf ihren Kopf in die Höhe, beschnüffelte den Wind, beschnüffelte ihn heftig und gierig. Dann plötzlich drehte sie sich um und schlüpfte in eine enge Schlucht, die sich in der Nähe des Dornbaumes befand. Wie ein Blitz folgte ihr Sgeolaun, und die ganze Koppel folgte diesen beiden. Kein Hund war zurückgeblieben auf dem Hang von Ben Gulban.

Das war ein Grund zum Staunen für die Fianna, denn an diesem Orte war nie eine Schlucht oder enge Erdspalte gewesen. Sie eilten hin - da war wirklich ein enges eingeschlossenes Tal, und aus dem Tal erscholl ein lautes Bellen und Lärmen der Hunde, die sich gegenseitig anknurrten. Und über alles hinweg war die Stimme Brans zu hören und ihr freudevolles Bellen.

Fionn war es, der zuerst diese verborgene Höhle betrat. Er sah seine eigenen fünf Hunde, die einen Kreis bildeten um ein nacktes Kind, das da lachend stand, weiß und furchtlos im Sonnenschein, während Bran, Sgeolaun, Lomair, Lumlooa und Brod die knurrende, geifernde Meute von ihm fernhielten.

Schnell schlugen die Männer der Fianna die schnappenden Mäuler zurück. Und als die Meute zurückgeschlichen war - eingeschüchtert und winselnd -, stand Bran an einer Seite des nackten Kindes, Sgeolaun stand an der anderen. Und das Kind in ihrer Mitte lächelte Fionn an. So hatte Saba gelächelt im offenen Türeingang des Palastes von Aloon, sich umwendend zu ihm, einen Hund an jeder Seite, an jenem ersten geheimnisvollen Tag. Und wie Fionn dort vor ihr im Sonnenlicht gestanden hatte - bestürzt und wortlos - an jenem ersten Tage, so stand er nun - wortlos und bestürzt - vor dem Kind, bis Bran seine Hand leckte. Da, plötzlich, löste sich etwas in ihm, ein Zweifel oder eine Unwissenheit, und er stieß einen großen Freudenschrei aus und hob das Kind in seine Arme.

„Sabas Kind", rief er, „mein eigener Sohn, mein Schatz, meine Blüte der Freude."

Die Häuptlinge der Fianna drängten sich nahe heran. Niemals hatten sie ein so königlich aussehendes Kind erblickt. Und wirklich - jeder entdeckte an ihm die Augen Sabas und Fionns stolze Art, das Haupt zu tragen.

„O Blüte des Glücks", riefen sie aus, „hunderttausendmal willkommen sei der Sohn des Fionn!"

Es war ein freudevoller Heimweg nach Aloon. Und nach und nach, während der Knabe die Sprache der Menschen erlernte, erzählte er von seiner Mutter, die er nur unter der Gestalt einer silberweißen, schlanken Hindin gekannt hatte, und wie er mit ihr gelebt hatte in einem duftenden, freundlichen Land, schwer von Blüten und mit weitverzweigten Bäumen, überreich an Früchten. Niemand, außer seiner Mutter, war in diesem wunderbaren Land, und hohe Felsen schlossen es ein. Sie waren glücklich dort, außer zu jenen Zeiten, wenn ein schwarzer, hoher Schatten auf sie niederstieß. Dann schauderte seine Mutter zurück und fürchtete sich. Aber immer wieder verließ der Schatten sie, und sie waren glücklich - bis zu jenem letzten Kommen -, als der Schatten sie nicht verließ, als der Schatten zwischen ihm und seiner Mutter stand. Und in der sich immer mehr verfinsternden Schwärze des Schattens verlor er sie und verlor das Land der Blüten und gestirnten, weitverzweigten Bäume und alles, was er je gekannt hatte, und kam - er konnte nicht sagen wie - zu jener Höhle in dem Hang und zu den bellenden und knurrenden Hunden und zu der Grüne der Erde.

„Mein innerstes Herz", rief Fionn aus, „mein Anteil am Reichtum der Welt, du bist mein kleines Hirschkalb, Usheen, Kleines Hirschkalb."

Und das ist der Name, den er immer noch hatte, als er schon erwachsen war, Usheen, Kleines Hirschkalb. Und er wuchs auf zu einem berühmten und edlen Helden unter den Helden der Gälen und zu einem Dichter, der immerwährende Gesänge machte.

# DAS STRUPPIGE PFERD

# Das struppige Pferd

Die Sonne gilbte dem Abend entgegen. Fionn, der Sohn des Uail, der oberste Häuptling der Krieger und Jäger Irlands, saß auf einem frühlingsgrünen Hügelabhang. Nahe bei ihm lag Bran, jener Hund, der allein einen Hirsch zur Strecke bringen konnte. Und zu seinen Füßen streckten sich der zottige Hund Lomair und der noch zottigere Hund Sgeolaun. Auf dem ganzen Hang verstreut waren die Männer Fionns. Sie bauten Steinöfen und steckten Hirsch- und Eberfleisch an Spieße, um es zu braten.

Diarmid, der Braunhaarige, jung und schlank, lag müßig wie eine Blume im Gras, und an seiner Seite streckte sich der große, kahlköpfige, dickbäuchige Cunnaun.

„Ich bin der Mann“, sagte Cunnaun soeben, „der die Flanken eines Pferdes kennt. Das ist sicher - so sicher wie Fionns Männer, die ‚Fianna von Irland‘ genannt werden! Ich könnte ein Pferd aus hundert Pferden heraussuchen mit einem einzigen Blick meiner Augen.“

„Das könntest du“, sagte Diarmid, „und ein auserlesenes Pferd wäre das - ein großknochiges, langsam sich bewegendes, das sich jedesmal in die Erde hineinpflanzt, wenn es einen Fuß niedersetzt, ein Pferd mit einem Rücken, so breit, daß du nicht hinunterstürzen könntest, wenn du es versuchtest, Cunnaun. Ich könnte einen Gesang machen über jene Art von Pferd, das du auslesen würdest:

Ein Pferd von Art.
Vor jedem Start,
vor jedem Schritte
braucht‘s nur zwei Tritte.
Ein Pferd mit Hufen
gleich Wasserkufen.
Es hat ein Ohr, das schlappt,

ein Rückgrat hoch, das schwappt,
und einen Schwanz zum Jagen
der Fliegen, die es plagen.
Das Rennen wird ihm schwer,
doch müht sich's sehr.
Es ist der Ehre wert,
Cunnaun, des Kahlen, Pferd."

„Du wähnst dich klug, Diarmid, Braunhaariger", sagte Cunnaun, „weil du langbeinig bist und dünn wie eine Latte und ein guter Läufer; aber der braune Hase läuft schneller für seine Größe, und die langbeinige Mücke hat einen schlankeren Leib als du. Ich selbst war schlank von Gestalt, als ich in deinem Alter war, und was die Pferde angeht -"

„Was die Pferde angeht", sagte Diarmid, —:

„Willst auf einem Pferd du sitzen,
nur zum Keuchen und zum Schwitzen,
nur zum Scheuen und Sich-Drehen
und - soll es zur Arbeit gehen -
immer hinterdrein zu kommen,
wird dir diese Wahl hier frommen,
die Held Cunnaun selbst getroffen.
Nie wirst du, das darfst du hoffen,
dieses Helden Wahl bereuen,
seines Pferds dich stets erfreuen."

Diarmid sang sein Liedchen mit einer hohen Stimme, und zum Schluß wieherte er wie ein Pferd. Ein grell kreischendes, unirdisches, schreckliches Wiehern antwortete ihm. Es war, als ob hundert Pferde mit einer geisterhaften Stimme wieherten. Diarmid sprang auf seine Füße. Cunnaun räkelte sich empor. Jedes Haupt auf dem Hügel drehte sich in die gleiche Richtung.

Auf sie zu kam ein großes, schlenkerndes, klappriges, struppiges Pferd, und Schritt für Schritt mit ihm wandelte ein großer, schlenkernder, klappriger, struppiger Mann. Jedesmal, wenn der Mann einen großen Plattfuß niedersetzte, erbebte die Erde, und jedesmal, wenn das Pferd einen großen Plattfuß niedersetzte, erbebte die Erde noch viel stärker.

„Übereile dich nicht, mein Juwel“, sagte der große Mann zu dem Pferd, „in einer Gestalt voller Anmut müssen wir einhergehen, wenn der große Anführer, Fionn, der Sohn des Uail. seine Augen auf uns richtet.“

„Wer bist du, daß du es wagst, den Namen des Fionn, des Sohnes Uails, in deinem Mund zu führen“, schrie Cunnaun, „und ihn in das behaarte, schändliche Ohr eines Scheusals zu sprechen, das dir blutsverwandt ist in Häßlichkeit?“

„Bleibe mit der rauhen Schärfe deiner Zunge von meinem Pferd, kahler Mann“, sagte der Fremde. „Wenn es dich überhaupt bemerken wollte, würde es dich zu groß finden für einen Bissen und zu klein für zwei. Wenn es einen Fuß gegen dich erhöbe, so würdest du nicht aufhören, durch die Luft zu wirbeln, bis du wie ein Bündel aus Nichts herunterkämest in einem Lande, von dem du noch nicht einmal den Namen gehört hast.“

„Geht eures Weges zu Fionn“, sagte Cunnaun, „du und dein Scheusal!“

Vorwärts trampelten das Pferd und der Mann, dahin, wo Fionn saß. Und Cunnaun und Diarmid begaben sich in Hörweite. Das taten auch alle anderen.

„Fionn, Sohn des Uail“, sagte der große Mann, „das Geschrei über deine Großzügigkeit geht bis an den Rand der Welt. Du wirst gerühmt, noch niemals einem Prinzen oder einem einfachen Wanderer die Bitte um ein Mahl und um ein Tagewerk verweigert zu haben. Ich bitte dich, mir und meinem Pferd hier ein Mahl und ein Tagewerk zu geben.“

„Was für ein Werk kannst du verrichten?“ fragte Fionn.

„Ich bin weder geschickt noch ungeschickt für die Arbeit. Ich habe nur eine Gabe, mit der ich prahlen kann: Ich bin der trägste Diener in der großen, weiten Welt.

Wenn du suchtest in allen Tiefen der Meere, du würdest keinen trägeren finden, wenn du deine Hände zum Himmel recktest, du würdest keinen trägeren herunterziehen können. Das ist die eine Gabe, die ich habe, Fionn."

„Vielleicht", sagte Fionn, „arbeitet dein Pferd für zwei."

„Arbeitet? Es gibt zwar mancherlei Torheiten, die zu diesem Pferd gehören wie seine eigenen Knochen, aber die Torheit der Arbeit war ihm noch nie zu eigen - und ich habe sie ihm nie aufgedrängt. Denn bedenke: Ein Mann mag erblühen in Schönheit wie ein silberblühender Baum mit goldenen Früchten; was bedeutet ihm das, wenn er eine Hexe zum Weib hat? Und was für eine Quelle der Freude wäre es für meinen Schatz hier, den trägsten Herrn in der Welt zu haben, wenn er nicht selbst die Freiheit hätte, den Mond der Mitternacht und die Sonne des Mittags tanzen zu lassen nach seinen Grillen?"

Das Pferd schielte nach seinem Meister und blinzelte ihm mit einem seiner gelben, bösartigen Augen zu. Und seine langen, gelben Zähne schnappten nach dem Kopf eines Mannes, der am nächsten stand. Der Mann sprang noch gerade früh genug zur Seite.

„Es wird mir nicht leicht werden", sagte Fionn, „ein passendes Tagewerk für dich und deinen Gefährten zu finden. Aber ein Mahl kann ich dir geben, ohne Einschränkung."

„O Fionn", sagte der große Mann, „möge dein Schatten niemals kleiner werden. Mögest du stets Kühe haben, die knietief in tausend Weiden gehen. Mögen alle Bienen in Irland Honig sammeln für deine Metfässer. Denn du bist es, der als das Licht der Großmut gepriesen werden wird, wenn ich und mein Schatz ein Mahl gegessen haben!"

„Ich will mich dafür verbürgen", schrie Cunnaun, „daß du alles, was du vor dir hast, verzehren kannst, wie die

Dunkelheit einen Hügelhang verzehrt - und dennoch nur dürrer wirst! Aus hohler Leere kommt großmaulige Prahlerei!“

Der große Mann wandte sich seinem Pferde zu.

„Schließe deine Ohren fest, o Unvergleichlicher“, sagte er, „schließe deine Ohren fest gegen die geizigen Worte dieses Mannes. Er würde dir den Tautropfen auf einem Grashalm mißgönnen, und du würdest nicht einen Bissen in der Größe eines Spinnenfußes bekommen, wenn er ihn zu geben hätte. Aber wende dich an Fionn hier. Er ist die Fackel und die Mittagssonne der Freigebigkeit.“

Das gelbhäutige Pferd schwenkte herum und senkte sein Haupt vor Fionn, bis seine Nase die Erde berührte. Dann machte es einen Luftsprung, trat mit allen vier großhufigen Füßen nach allen möglichen Richtungen zugleich aus, machte einen Purzelbaum, schoß durch die Luft und bewegte sich in Bocksprüngen auf eine Mulde zu, die voll war von jungem, süßem Frühlingsgras. Cunnauns Pferde waren in dieser Mulde. Und bevor er noch in die Hände klatschen oder einen Schreckensruf ausstoßen konnte, war das Pferd wie ein Blitzstrahl unter sie gefahren, und um es herum war ein beißender, tretender, wirbelnder Sturm von Haaren und Hufen und fletschenden Zähnen. Cunnaun wirbelte hierhin und dorthin wie ein Blatt im Sturm, flatterte mit den Armen und schrie:

„Ochone! Ochone! Meine Pferde! Meine Pferde! Rufe dein dürr-rippiges Scheusal von meiner Weide zurück. Rufe es zurück. Oder ich werde jeden Knochen in seinem Leibe zerbrechen!“

„Rufe es selbst zurück, kahler Cunnaun. Mein Sinn ist erfüllt mit den Gedanken an Ochsen, am Spieß gebraten, und wilde Eber, gefüllt mit Knoblauch, und an Wildbretkeulen und Fässer voller Met. Nicht um einer Kleinigkeit willen möchte ich meine Zunge rauh machen, die honigsüß ist jetzt von Erwartung. Deine Zunge ist geschärft, Cunnaun! Rufe es selbst!“

Cunnaun ergriff einen Eberspieß und schleuderte sich selbst den Abhang hinunter. Bald stieß und stach er schrecklich auf das struppige Pferd ein mit Stößen, die ihm tiefe klaffende Schmarren und tödliche Wunden hätten versetzen müssen. Aber die Spitze glitt an ihm ab und ließ das Tier unverletzt - nicht ein Stich von allen stieß ein Haar aus seinem Fell. Cunnaun sammelte seine Kraft für einen gewaltigen Stoß. Die Speerspitze glitt von dem zottigen Vorderviertel und prallte die knochigen Rippen entlang ab. Sie hinterließ nicht einmal eine Schramme dort. Es war gerade, als schmeichele dieser Stoß dem gelben Pferd, denn es hörte auf zu schnappen und zu treten und drehte sich um, Cunnaun anzuschaun. Es blinzelte ihm zu, zuerst mit einem Auge und dann mit dem anderen, und immerzu lächelte es, lächelte und lächelte, bis sein Gesicht nichts anderes mehr war als ein Lächeln. Cunnaun versetzte ihm einen letzten widerhallenden Schlag, und der Eberspieß zerfiel in zwei Hälften.

„Ein Dämon! Das ist es!“ schrie Cunnaun. „Oder ein Drache vielleicht, der unter dem Meere haust, oder eine Schlange, die versucht hat, die Gestalt eines Pferdes anzunehmen. Oh, die schwarze Stunde des Unglücks, die es zu uns gebracht hat, zu uns, die wir nicht einmal im Traum einem solchen Scheusal zuvor begegnet waren. Es wird Fionn von Haus und Heim wegfressen! Oh, mein Gram und mein Kummer über diesen Eberspieß, diesen guten, zuverlässigen Eberspieß, den ich auf ihm zersplittert habe!“

„Versuche es mit Güte!“ sagte Diarmid, „und mit honigsüßen Worten. Es ist eine große Macht in honigsüßen Worten.“

„Versuche sie selbst“, sagte Cunnaun.

„Gut“, sagte Diarmid, und dabei sprang er mit einem Satz auf den Rücken des Pferdes und packte mit festem, drehendem Griff die Mähne. Das Pferd blinzelte mit beiden Augen zugleich Diarmid zu, und Diarmid versetzte ihm einen Tritt mit seinen Fersen.

„Komm“, sagte er, „setze einen Fuß vor den anderen, und ich werde dich dorthin bringen, wo du nach Herzenslust fressen kannst.“

Aber das Pferd stand still wie ein Stein.

„Junger Häuptling“, sagte der große Mann, auf ihn zukommend, „versuche nicht, meinen Schatz anzutreiben. Er ist einer, der nicht angetrieben werden kann. Er muß Zeit haben, seine Gedanken zu ordnen. Und er muß das Gewicht eines Reiters auf seinem Rücken fühlen, bevor er einen Fuß bewegt. Du bist ihm nicht mehr als eine Fliege. Aber laß die Krieger Fionns rittlings aufsitzen, vom Nacken bis zum Schwanz, die längsten und schwersten Krieger. Dann wird er sich bewegen.“

Diarmid ließ sich leicht zur Erde nieder, während seine Finger noch in die Mähne verflochten waren.

„Cunnaun“, sagte er, „bringe deine schwereren Glieder auf dieses Pferd, und laß die sechzehn, die dir an Umfang am wenigsten nachstehen, das gleiche tun. Es mag sein, daß es dann die Last eines Reiters spürt.“

„Sind das seine Grillen?“ schrie Cunnaun. „Wenn du mich mit der halben Welt verlocken wolltest, ich würde mich nicht rittlings auf dieses arme, magere, ungegliederte Rückgrat setzen.“

Aber Krieger der Fianna bestiegen das Pferd, bis siebzehn von ihnen vom Kopf bis zum Schwanz saßen. Sie nahmen es in den festen Griff ihrer Knie. Sie trommelten reichlich mit ihren Fersen. Das Pferd stand stocksteif.

„Du streitsüchtiges, schrägfüßiges Standbild des Mißgeschicktes“, schrie Cunnaun, „wird es dir schwer, zu starten ohne das Gewicht des dicken Cunnaun? Rühre dich, du Faulenzer!“

Während er sprach, ergriff er den Schwanz des zottigen Pferdes und schwang sein Gewicht an dem Schwanz hinauf.

Bedachtsam hob das Pferd Huf nach Huf, und bedachtsam setzte es sie nieder. Es bewegte sich langsam zuerst, wie ein Schwan sich bewegt, wenn er das Wasser verläßt, sich ins Gleichgewicht bringend auf seinen schwimmhäutigen Füßen. Dann, mit einem Stoß, begann es schneller auszuschreiten, bis seine Reiter aneinderrasselten wie getrocknete Stöcke im starken Sturm. Und wiederum schritt es schneller aus, Cunnaun glaubte, es sei an der Zeit, seinen Griff zu lösen. Aber seine Hände gehorchten ihm nicht. Sie klammerten sich von selbst an den Schwanz. Und das Pferd lief schneller und schneller. Und die Knie der Reiter umklammerten es fest. Und die Reiter wurden geschüttelt, wie Gerste geschüttelt wird auf der Dreschtenne, bis keine Kraft mehr in ihnen war. Und Cunnaun baumelte an dem Schwanz, bis keine Kraft mehr in ihm war. Wenn das Pferd an einen Fluß kam - platsch! -, war es darin und hindurch. Wenn es zu einem jäh abfallenden Hügelhang kam - brrrr -, donnerte es hinunter. Galopp! Galopp! lief es durch die Täler. Bäume rasten an ihm vorbei. Wolken rasten an ihm vorbei, der Himmel selbst raste an ihm vorbei und drehte sich. Und hinter ihm rasten die Krieger des Fionn, und Fionn selbst raste, und alle Hunde rasten, keuchend und taumelnd im Lauf.

Endlich erschien eine Helle am Horizont, eine Helle zu ebener Erde, eine Helle, die sich glitzernd bewegte.

„Das Meer wird sie anhalten", rief Fionn. Und alle anderen holten tief Atem und sagten zu sich: „Das Meer wird sie anhalten!"

Sie konnten den Donner der Brandung hören, sie konnten die sich erweiternden Tiefen des Meeres sehen, die kleinen Kronen aus Schaum auf dem Wellenkamm. Aber das Pferd verlangsamte seine Eile nicht. Platsch! - lief es durch die Wellenstrudel, platsch! - durch die tiefer werdenden Wasser, platsch! platsch! - durch die schimmernden Einöden des Meeres. Platsch! - platsch! - platsch! - bis Pferd und Mann und Reiter zwischen Meer und Himmel hindurchglitten und den Rand der Welt überschritten.

Völlig durchgerüttelt, schauten Fionn und seine Krieger sich einander an und dann auf die riesigen Hufspuren am Ufer, teils trocken, teils gefüllt mit Salzwasser. Sie hatten keine Worte. Und bevor ihre Zungen sich wieder lösten, gewahrten sie zwei fremde Jünglinge, die sich auf sie zu bewegten durch den nassen Sand. Diese Jünglinge waren von gleicher Größe und von gleicher Anmut, und ihr Kommen war wie das Kommen des Sonnenlichtes in einem Dickicht von grünen Blättern, wie der Weg des Windes in einem Feld silbernen Schilfrohres. Einer hielt einen weißblühenden Zweig, der andere hatte eine Axt aus grünem Stein mit einem Griff aus dem Zahn eines Seelöwen.

„Wir sind gekommen, o Fionn", sagten sie, „dir zu dienen!"

„Beachte sie nicht, Fionn", schrie Cormac, der Rote, „schon hat dich ein Diener angeführt. Und diese Jünglinge sind vielleicht von den Faeryhügeln. Oder sie sind vielleicht vom Lande unter dem Meere gekommen, uns alle in den Untergang zu locken."

„Nein", sagte Fionn. „Dennoch will ich sie zuerst prüfen." Und zu den Jünglingen sagte er:

„Was für eine Geschicklichkeit habt ihr und was für eine Weisheit, mit der ihr dienen könntet?"

„Ich", sagte der Axtträger, „kann mit einem Schlag und einer Handbewegung ein festes, seetüchtiges Schiff herstellen."

„Und ich", sagte der andere, „kann eine Spur verfolgen über dem Meere und unter dem Meere."

„Ihr seid“, sagte Fionn, „in einer guten Stunde gekommen. Macht nun für mich ein festes, seetüchtiges Schiff. Und wenn ich mich mit diesen, die bei mir sind, eingeschifft habe, treibt es vorwärts auf der Spur, die hier im Meeresschaum verlorengegangen ist.“

Der axttragende Jüngling bückte sich und hob ein Stück Treibholz vom Strande auf. Er schlug mit der grünen Steinaxt darauf und schleuderte es mit einer Handbewegung auf das Wasser. Es ließ sich dort nieder, wie eine Möwe sich niederläßt und breitete sich aus, bis es ein schönes, seetüchtiges Schiff war. Am Bug desselben stand der Jüngling mit dem silbernen Zweig.

„An Bord!“ rief Fionn und stürzte sich in die Brandung.

„An Bord! An Bord!“ schrie die Fianna und drängte sich ins Meer. Bald schwammen sie wie die Ottern und kletterten über den Rand des Schiffes. Dann bewegte es sich stetig vorwärts, und durch die Dämmerung und durch die Stunden der Nacht folgte der Jüngling am Bug der Fährte.

In der Morgendämmerung kam das Schiff zur Ruhe unter einem Felsen, an der windgeschützten Seite einer Insel. Das Wasser dort war an Farben reich wie ein Smaragd. Und der Felsen selbst war wie Silber. Und wie weißes Silber spiegelte er sich im ruhigen Wasser. Ein Pfad wand sich schwindelerregend aufwärts, in Schleifen und in Zickzackwindungen. Und über den Rand des Felsens hingen blühende Sträucher und Bäume mit Zweigen, grün wie Jade, und in den Zweigen flatterten hellfarbene Vögel und riefen sich einander zu.

„Die Fährte berührt Land hier“, sagte der Jüngling am Bug, „befestigt das Schiff.“

Diarmid war der erste, der ans Ufer sprang. Bran, der Hund, kam als nächster. Bald kletterten Fionn und seine Krieger auf Händen und Füßen die Zickzackwindungen des Pfades hinauf. Als sie den Gipfel erreichten, befanden sie sich in einem Wald von sehr alten Bäumen. Und der ganze Boden unter ihnen war besternt mit Blüten. An den sich verflechtenden Zweigen dieser alten Bäume hingen kugelige Früchte, roter als Granatäpfel. Und die Luft war schwer von deren Duft. Einige von den Kriegern wollten sie abpflücken, aber der Jüngling mit der Axt sagte:

„Streckt nicht die Hand aus nach diesen Früchten. Sie sind verzaubert. Und wenn ihr von einer eßt, werdet ihr euer Vaterhaus vergessen und euer Land und jene dort, die euch lieben, und ihr werdet für immer auf dieser Insel des Vergessens bleiben."

Und nachdem sie lange in dem Walde gegangen waren, und der Früchte entsagt hatten, kamen sie plötzlich zu einer Lichtung, mit köstlichem, dichtem Gras bewachsen. In der Mitte lag ein See wie die blauen, ausgestreckten Flügel eines Schmetterlings, und im blendenden Sonnenlicht am Ufer stand ein Jüngling. Er trug einen Mantel von der Farbe des Lapislazuli, bestickt mit fremdartigen Blumen und seltsamen Tieren. Sein Haar war gehalten von einem Reifen aus Silber, geschmückt mit Rubinen, und fiel gerade herab zu beiden Seiten seines Antlitzes. Es hatte den silbrigen Glanz fallenden Wassers.

„Ich grüße dich, fremder Jüngling", sagte Fionn. „Laß mich dich fragen, wer du bist."

„Erfrage nichts von mir", sagte der Jüngling, „bis ein Jüngling aus deinem Gefolge, an Größe und Wuchs mir gleich, mir den Sieg abringt."

Da trat Diarmid, der Braunhaarige, vor.

„Ich bin an Größe und Wuchs dir gleich", sagte er, „und Sonne und Wind und die tiefverwurzelte Erde mögen mir den Sieg verleihen!"

Sie rangen auf dem feinen, dichten Gras. Und es war eine Freude für die Fianna, ihnen zuzuschauen, denn in diesem Ringen war die Schnelligkeit der Habichte, die in freier Luft miteinander kämpfen. Eine geschmeidige, wachsame, sehnige, anmutige Kraft war darin und zähe Ausdauer. Zuweilen hatte der eine, zuweilen der andere die Oberhand in Stärke und Geschicklichkeit. Lange, lange stritten sie so. Es versetzte die Fianna in Erstaunen, daß irgend jemand in der Lage sein sollte, Diarmid zu überwinden, denn er war ausgebildet im Ringkampf durch Angus-Ogue - Angus, den lieblichen, lachenden Gott, der über die Märkte und Wege der Welt wandert in ewiger Jugend.

Die Schatten der alten Bäume wurden länger auf dem feinen Gras, und von dem See kam ein leises, singendes Murmeln. Diarmid umfaßte seinen Gegner fester und hing sich schwer an ihn, so daß dieser wankte.

„Das Glück des Angus sei mit dir, Diarmid, das Glück des Angus!“ rief die Fianna. Und bei dem Ruf lachte der fremde Jüngling, schlang sich um Diarmid und sprang mit ihm in den See.

Ineinander verschlungen sanken sie bewegungslos, wie ein Stein sinkt. Diarmids Gefährten beobachteten reglos die sich weitenden Ringe auf den öden Wassern.

„Es ist ein Griff auf Tod und Untergang“, sagte Cormac, der Rote.

„Nein“, sagte Fergus, der Schöne, „Diarmid schwimmt wie eine Robbe. Er wird wieder heraufkommen.“

Sie schauten nach ihm aus - und die Ringe weiteten sich langsam auf den öden Wassern.

„Ein Wunder!“ rief Fionn, „ein Wunder! Der See selbst sinkt, schaut! Er sinkt in die Erde hinein.“

Er sank und sank wirklich in die Höhlen der Tiefen und durch die hohlen, geheimnisvollen Räume hindurch, bis er weit unter ihnen matt glitzerte.

Sie stiegen hinunter, den sinkenden Wassern nach, durch bleiche Eintönigkeit und von Stufe zu Stufe. Und da sie hinunterstiegen, war Zwielicht um sie, und durch die Dämmerung gewahrten sie seltsame Dinge - Einhorne, milchigweiße, und weiße Hirsche mit sich verzweigenden Geweihen aus Gold und Bäume mit Blättern aus Silber und karmesinroten Früchten.

Und immer noch sanken und sanken die Wasser des Sees. Sie sammelten und rundeten sich und bewegten sich mild erstrahlend wie ein Mond, der sich verirrt hatte in dieses verzauberte Land und nun eine Höhle grub, sich darin zu verbergen. Und die Fianna stieg hinunter durch die Dämmerung. Und der Mond, der ein See war, wurde heller, rundete sich und glitzerte in frostigem Feuer, bis ihre Augen davon geblendet waren. Und plötzlich rief Fionn aus:

„Das ist kein See, was da glitzert, sondern ein Palast! Wir sind - wahrhaftig! - zu dem Land unter den Wellen gekommen - zu Mananauns Land."

Alle schauten nun mit der ganzen Kraft ihrer Augen und sahen den Palast, gebildet aus einem einzigen großen Kristall, der in Türmen und Zinnen emporragte, unwirklich wie ein Monden-Trugbild. Kaum hatten sie es zu bestaunen begonnen, da befanden sie sich schon vor der Schwelle des Palastes.

„Hunderttausendmal willkommen sei Fionn und die Fianna von Irland", riefen lachende Stimmen. Und überall im Innern drängten sich Wesen von solcher Regenbogenschönheit, daß es schien, als ob das Licht des Palastes nur von ihnen ausging. Sie waren wie Edelsteine oder wie Sterne.

„Ich grüße dich, du Volk der Götter der Dana", sagte Fionn. „Ich grüße ihn, der die Silberflamme ist im Lande unter den Wellen. Ein verhängnisvolles oder gutes Geschick hat mich hierhergebracht. Ich suche Diarmid, den Braunhaarigen."

Silberflamme, der dort König war, kam hervor und stand auf der Schwelle zum Palast. Hochgewachsen war Silberflamme und schlank. Und er überleuchtete die anderen, wie Sirius, der federgeschmückte Tänzer, die Sternenherden überleuchtet.

„Fionn", sagte er, „Puls meines Herzens, du bist willkommen - und lange erwartet. Ich habe dich gerufen, viele Male, und mein Volk hier hat dich gerufen, zum Lande unter den Wellen zu kommen."

„Und ich habe widerstanden", sagte Fionn, „denn das grüne Gras hielt meine Füße. Und meine Hände hatten mehr als genug zu tun auf der Erde."

„Jedoch durch die Erde erreichten wir dich. Und mit jedem Pulsschlag, Fionn, gewahrtest du uns. Denn jedes Menschen Herz schlägt mit dem Herzschlag der Erde. Und eines Tages, eines Nachts, zu einer Stunde der Stunden muß es nach uns begehren. Aber wir, o Fionn, haben nach dir gerufen. Und nun kommst du zu uns, mitten im Tagewerk. Tritt ein, denn Diarmid ist hier, und Cunnaun und alle, die das häßliche, struppige Pferd ritten, sind hier."

Als Fionn und die Jäger und Krieger, die bei ihm waren, die Schwelle überschritten, war es ihnen, als seien sie nach einer langen Wanderschaft nach Hause gekommen. Es war ihnen, als hätten sie Nacht für Nacht die Seltsamkeit und Fremdartigkeit dieses Ortes erfahren, in irgendeinem unwahrscheinlichen, wundersamen Traum. Musik von unirdischer Süße durchpulste das Land. Es war ihnen, als ob sie diese schon gehört hätten vor dem ersten Wort, das sie erlernt hatten auf der Mutter Knie.

Und während sie beim Festmahl saßen in der Fülle der Fremdartigkeit, neigte sich Silberflamme zu Fionn und sagte:

„War es nicht ein guter Einfall, Fionn, euch hierher zu bringen durch den trägen Diener und das zottige Pferd?"

„Es war ein guter Einfall", sagte Fionn.

„Nein", sagte Cunnaun, „es war eine rohe, unkönigliche Art. Jeder Unglückssohn, der da mit gestreckten Beinen hin und her wedelte, rasselte und rutschte - o Gram - auf der erbarmungslosen Schneide dieses gefurchten Messers von Rückgrat, während diese Abscheulichkeit, dieses struppige Bündel von Häßlichkeit, die da ein Pferd geschimpft wird, fröhlich tanzte und hüpfte nach Herzenslust - jeder Unglückssohn, sage ich - führt Klage gegen dich. Und eine doppelte Klage führe ich, Cunnaun, der schändlich baumelte am Schwanz. Wenn es die losgestampften Rasenstücke in die Luft trieb wie Scharen von Vögeln, wen anders als mich zerschlugen sie! Wessen Gesicht sonst als das meine wurde bespritzt mit Salz, als es über das Wasser platschte und trampelte wie ein Meeresdrache und eine Schar von Delphinen und rasender See-Einhorne und Wale zugleich!"

„Deine Worte sind geschärft von Wahrheit, Cunnaun", sagte Silberflamme. „Ich will es wieder gutmachen in einer Weise, die dir angemessen erscheint."

„Dann sollst du folgendes tun", sagte Cunnaun, „du sollst noch einmal den plattfüßigen, das Auge beleidigenden, baufälligen Vierfüßler aufzäumen und siebzehn von deinen Kriegern daraufsetzen. Dann suche eine Persönlichkeit, bekannt und bedeutend gleich mir, sich an seinen Schwanz zu hängen. Neben ihm her soll der träge Diener laufen. Und das Pferd soll über das Meer platschen und über das Land sausen, bis es zu dem grünen Hügel kommt, von welchem es mich und meine Gefährten fortgetragen hat."

„So soll es sein, Cunnaun", sagte Silberflamme, der König vom Lande unter den Wellen, „und auf den weißen Pferden des Faerylandes sollen Fionn und Diarmid und du und die Fianna, eure Gefährten, zurückreiten zu dem gleichen Hügel."

Als das Fest vorüber war und sie Wein getrunken hatten von Moy Mell, der Ebene des Honigs, und Früchte gekostet vom Lande des Silbernen Vlieses, führten die De-Danaans sie hinaus durch ein Tor auf einer Seite des

Palastes, abgelegen von jener, auf welcher sie hereingekommen waren. Sie fanden sich wieder auf einer Ebene, ganz dicht übersät mit Blumen.

„Bringt nun hervor - für Cunnaun - den Erderschütterer!“ sagte Silberflamme.

Eine Schar von Jünglingen führte ein Pferd vor, so blendend weiß, so schön, daß jeder in Staunen versetzt wurde, der es anschaute.

„Das ist eine List“, schrie Cunnaun, „denn dies ist Mananauns eigenes Pferd!“

„Nimm eine Erdgestalt an!“ sagte Silberflamme zu dem Pferd.

Das Pferd streckte seinen stolzen Nacken und schüttelte sich, und da war - jedes Auge konnte es anstarren - das große, schlotternde, klapprige, struppige, gelbe Pferd! Siebzehn vom fröhlichen Volke der Dana kletterten auf seinen Rücken und saßen da und trommelten heftig mit ihren Fersen. Ein anderer machte sich schwer und dick und kahlköpfig wie Cunnaun und ergriff den Schwanz.

„Es ist Zeit, aufzubrechen, mein Juwel, mein Schatz, mein weißer Liebling“, rief eine laute, lachende Stimme - und da war der große Mann. Jedesmal, wenn er einen großen Plattfuß niedersetzte, erbebte die Erde. Und jedesmal, wenn das Pferd einen großen Plattfuß niedersetzte, erbebte die Erde noch viel stärker.

„Mein Segen über euch“, rief Cunnaun, „und möge euer Ritt ebenso fröhlich sein wie der unsere!“

Das Pferd wieherte Antwort, ein hohes, kreischendes, geisterhaftes Wiehern - und alle seine Reiter brachen in ein brüllendes Gelächter aus und rasselten hin und her auf dem hochaufgeworfenen, bloßen Rückgrat.

„Es ist ein Abschied nun für eine kleine Weile“, sagte Silberflamme, „zwischen dem Volk der Götter Danas und den Kriegern und Jägern von Irland. Aber ihr sollt das Land unter den Wogen nicht vergessen oder verlieren. Wir werden euch nahe sein, wenn ihr durch die Kraft eurer Hände Siege erringt, und noch näher in der Stunde eurer Niederlage. Gedenket unser, Jäger der Fianna, wenn eure Hunde den Eber des Waldes zur Strecke bringen; gedenket unser, wenn der geweihgekrönte Hirsch euch entkommt."

Und während Silberflamme sprach, erschimmerte die Ebene von weißen Pferden. Das Volk der Dana führte für Fionn einen edlen Zuchthengst vor, gezäumt mit Gold und mit goldenen Glöckchen am Zügel. Und für jeden Gefährten aus der Fianna war ein weißes, schimmerndes Streitroß da.

„Es ist ein Abschied nun", sagte Fionn, die Zügel auflesend, „vom Land-der-Herzens-Freude, denn wir müssen wagen und aushalten auf der Erde. O Götter, die euch der Wind niemals rauh umweht, wir werden euch Sagas singen von Sturm und hartem Kampf und Schiffbruch, wenn wir wiederkommen. Lebt wohl, tausendmal lebt wohl!"

Der Jüngling, welcher mit Diarmid gerungen hatte, stand nahe bei Diarmids Pferd, seine Hand auf dem Zügel.

„Manches Mal noch wirst du hierher kommen, Diarmid", sagte er, „denn ich habe einen Knoten der Erinnerung in die Fransen deines Mantels geknüpft. Und ich werde dir ein Streitroß vom Lande unter den Wogen senden, wenn du mir deine Wahl nennen willst."

Da erinnerte sich Diarmid der Einhorne, goldäugig, milchigweiß, die zwischen den Bäumen mit silbernen Blättern entschlüpft waren. Und sich über den Nacken seines Pferdes neigend, flüsterte er:

„Sende ein Einhorn für mich!"

# DAS LEUCHTENDE TIER

# Das leuchtende Tier

Einst, an einem nebligen Morgen, kam es Fionn in den Sinn auf die Jagd zu gehen. Er rief die Männer der Fianna. Und die nahmen ihre Hunde. Der Nebel war so dicht, daß die Farbe eines Hundes kaum unterschieden werden konnte von der eines anderen. Und die Männer der Fianna hätten gern gewußt, was aus dieser Jagd werden sollte. Aber Fionn hatte das Gebaren eines Menschen, der nicht gefragt werden will.

„Meiner Treu“, sagte Cunnaun zu Diarmid, „wenn wir auf das Wildbret dieser Jagd zu warten hätten, würden wir hungrig werden!“

„Niemand kann wissen, was wir finden mögen“, sagte Diarmid, „an einem Morgen wie diesem.“

„Wir mögen einen Baum finden oder einen Felsen oder einen Berg - mit unseren Köpfen“, sagte Cunnaun, „was das angeht! Aber es wird unseren Witz in Anspruch nehmen, den Weg heimzufinden.“

In diesem Augenblick stieg der Nebel. und sie sahen das seltsame Tier. Es war niemals ein Tier wie dieses auf der weiten Erde. Sein Kopf war der Kopf eines Ebers. Doch trug es auf diesem Kopf einen Wald von schwarzen, sich verflechtenden Hörnern. Es hatte das borstige Fell eines Ebers und den Leib eines schimmernden Hirsches und Füße wie kein Tier unter dem Himmel und - das Seltsamste von allem - es hatte an jeder Seite seines Leibes einen leuchtenden Mond. Sofort hetzte die Fianna ihre Hunde auf das Tier. Und kaum schlugen sie an in einem Chor von Gebell, als das Rote Weib zu ihnen trat. War das leuchtende Tier schon seltsam gewesen, dieses Weib war noch seltsamer. Seine Gestalt war größer als die eines Sterblichen, sein Haar war roter als ein Karfunkel, durch den Licht scheint, seine Gewänder hatten die Farbe rotglühender Asche, und in seinem Antlitz war eine Pracht der Flamme, wie die Sonne sie hat, wenn sie aufgeht.

„Wolken von Unglück und Tod“, sagte Cunnaun. „Ist es nicht früh am Tage, da die Zerstörung über uns kommt? Der Rote Schweinehirt selbst wäre weniger zu fürchten als dieses Weib!“

„Ruft die Hunde zurück von dem Tier, das vor ihnen herläuft“, schrie das Weib, „denn ich selbst verfolge es.“

„Für kein Weib und für keinen Mann auf der Erde werde ich meine Hunde zurückrufen“, sagte Fionn, „es ist mein Recht, auf jedem Hügel in Irland zu jagen und in jedem verborgenen Tal und auf jeder weiten, windigen Ebene. Ich bin Fionn, der Anführer der Fianna.“

„Das Tier gehört mir“, sagte das Weib, „und für dreißig Tage und Nächte sind meine Füße ihm gefolgt, eben seit jener Stunde, in welcher ich es aufjagte am Roten See, den du kennst als Lough Darrig. Ich muß dem Tier folgen, bis es fällt, wenn ich das Leben meiner drei Söhne retten will. Darum rufe deine Hunde zurück. Denn niemandem anders als mir darf das Tier zufallen.“

„O Weib ohne Vernunft“, sagte Fionn, „du hast keine Hunde. Und meine sind die besten in der Welt. Wir werden das Tier zur Strecke bringen und es dir geben, dir den Willen zu tun.“

„Laut und prahlerisch sind deine Worte“, sagte das Weib. „Ich selbst bin schneller als deine Hunde. Ich selbst bin stärker als die Fianna. Und mein Recht, in Irland zu jagen, ist älter als das deine.“

Fionn lachte und rief seinen Hunden zu: „Hallo!“ Und alle verließen ihn außer Bran.

„Ich werde dem Tier folgen und ihm Hunde aufhetzen“, sagte er, „und wenn Macht in dir ist, halte mich an.“

Da verwandelte sich das Weib in eine große, schreckliche Schlange, und richtete sich auf. Jede ihrer Schuppen glitzerte wie ein Rubin, glitzerte und flackerte, rot wie eine Flamme. Und eine Mähne von feurigen, kleinen Ährenbüscheln kräuselte sich auf ihrem Rücken wie ein Wald junger Bäume. Sie wand sich um Fionn, sie hob ihn vom Boden auf, sie zog ihre Ringe fester, bis seine Knochen schier zersprangen. Und sie hätte ihn überwunden, wenn Bran nicht gewesen wäre. Bran war selbst von den Faeryhügeln gekommen, und sie hatte Kraft und Macht, welche dem Volk der Dana eigen ist. Sie machte einen großen Sprung und ergriff die Schlange an der Kehle. Und ebenso hart wie die Rote Schlange Fionn gequält hatte, quälte Bran die Rote Schlange.

„Rufe deinen Hund zurück!" schrie die Rote Schlange.

„Löse deinen Griff von mir", sagte Fionn.

„So sei es", sagte die Rote Schlange und löste den Griff.

Bran zog ihre Zähne aus der Kehle der Roten Schlange. Die Rote Schlange fiel als ein glitzernder Haufen zur Erde. Dort drehte sie sich einmal um sich selbst und verwandelte ihre Gestalt. Sie wurde zu einem Strom fließenden Wassers, zu einem Rinnsal, und versank in die Erde. Fionn schüttelte sich, und seine Kraft kam zu ihm zurück. Und es waren nur Cunnaun und Diarmid und Lewys Sohn bei ihm. Denn die andern waren, nachdem er die Hunde auf das leuchtende Tier gehetzt hatte, dem Tiere und den Hunden gefolgt. Und diese drei, die bei ihm waren, standen da wie angewurzelt an die Erde, auch vermochten sie weder Hand noch Fuß noch Zunge zu bewegen, bis Fionn sie berührte.

„Segen über deine Hand, Fionn", sagte Diarmid, „und laß uns das Tier verfolgen, denn nie hat es seinesgleichen gegeben."

„Es ist eines Narren Jagd", schrie Cunnaun, „und wir sind beteiligt an dieser Narretei! Hat mein Herz es nicht vorhergesagt?"

Aber Fionn jagte Bran vorwärts mit einem lauten „Hallo“, und alle drei und er selbst folgten ihr. Es ging auf den Abend zu, als sie die anderen Hunde und den Rest der Fianna und das seltsame Tier einholten. Und durch die Dämmerung und durch die Dunkelheit, die nach der Dämmerung eintrat, und die Stunden der Nacht hindurch verfolgten sie das seltsame Tier. Und immer verbreiteten die beiden Monde, die auf beiden Seiten seines Leibes waren, einen wundersamen Glanz um sich, und die Schnelligkeit des Tieres ließ nicht nach. Aber mit dem Abnehmen der Nacht begannen die Monde abzunehmen an Helligkeit. Und in der Kälte des Morgens kamen Fionn und seine Männer näher an das Tier heran. Brans schnappende Kiefer waren ihm schon ganz nahe, und die anderen Hunde folgten Bran auf dem Fuße, als das Tier sich schüttelte und einen großen Schauer von Blut über die Hunde und über die Männer der Fianna ausschüttelte, so daß sie rot waren vom Kopf bis zum Fuß. Aber trotz allem jagten sie weiter. Und als die Sonne am Himmel emporstieg, sahen sie das Tier zum „Berge des Königs“ wanken - zu jenem Berg, den die Fianna unter sich den Cnoc-na-righ nannte -. Und als das Tier den Berg berührte, entstand eine Öffnung am Fuße des Berges, und das Tier ging hinein. Als die Fianna den Berg erreichte, stand dort das Rote Weib. Keine Unruhe oder Hast war an ihm.

„Ihr habt das Tier nicht bekommen“, sagte es. „Eure schnellen Hunde haben es nicht eingeholt.“

„Wir haben es nicht bekommen!“ sagte Fionn. „Aber wir wissen, und unsere Hunde wissen, wo das Tier ist.“

„Soviel Wissen habe ich selbst auch“, sagte das Weib, „und, was mehr ist, ich habe die Macht, das Innere des Hügels zu betreten. Habt ihr Mut, mir zu folgen, da ihr schon so weit gefolgt seid?“

Während sie noch sprach, schlug sie mit einem Druidenstab an den Berg und sogleich öffnete sich ein großes Tor, und aus dem Innern des Berges ertönte eine süße Musik.

„Mut fehlt uns nicht", sagte Fionn, „aber wir und unsere Gewänder sind zu rot befleckt. Wir möchten uns nicht so in einem Hügelpalast zeigen."

Sie führte ein kleines Horn, das aus den Knochen eines Meerestieres geschnitzt war, an ihren Mund und blies darauf einen scharfen, schrillen Ruf. Da kam ein riesiger, lichtfarbener Vogel aus dem Berg, sang und flatterte in der Luft und schüttelte goldenen Staub von seinen Flügeln. Zehn Jünglinge folgten dem Vogel. Sie waren schön wie der Sonnenaufgang auf schneebedeckten Berggipfeln. Sie brachten Becken mit Wasser für Fionn und seine Männer und Gewänder für sie, heiter und fröhlich in den Farben wie ein blühendes Feld zur Sommerszeit. Als Fionn und die Fianna sich in diese kostbaren Gewänder gekleidet hatten, führten die Jünglinge sie durch ein großes Tor und in eine weit ausgedehnte Halle, welche den kalten weißen Glanz des Mondes und die goldene Kraft der Sonne hatte. Das hohe, gewölbte Dach war wie aus einem einzigen Saphir gearbeitet und hatte die Bläue des Himmels in sich. Die Jünglinge führten sie durch die Halle hindurch und in eine noch prächtigere und herrlichere Kammer, wo ein König saß wie eine große goldene Blume; so prächtig gekleidet war er und so schön anzuschaun. Musikanten mit Violen und Kitharen und Lauten, mit Harfen und Pauken, mit süßklingenden Flöten und Dudelsackpfeifen und Glockenspielen machten Musik für den König. Und Jünglinge, die wie lichtfarbene Vögel waren, tanzten und sangen. Das Rote Weib stand neben dem Stuhl des Königs. Von seinen Gewändern ging ein rotes Licht aus, als wäre sein Leib darinnen wie eine Flamme. Sein Antlitz war so hell, daß man es nicht anschauen konnte. Und seine Haare, die das Gesicht steif und starr umrahmten, hatten den Glanz eines Rubins.

„König des Berges“, sagte es, „dieser Held ist Fionn, Sohn der Moorna mit dem Weißen Nacken, vom Volk der Dana. Seine Hunde hatten die Kraft, dem leuchtenden Tier zu folgen für einen Tag und eine Nacht. Und er und die Helden, die bei ihm sind, hielten Schritt mit den Hunden. Willst du ihm in deiner Großmut nicht den Anblick des Leuchtenden Tieres gewähren?“

„Ich werde das Tier rufen lassen“, sagte der König. „Laß die Mundschenken Hydromel bringen für die Helden.“

Die Mundschenken des Königs brachten Fionn und der Fianna Hydromel vom Lande der Ewigen Jugend in Bechern aus Kristall. Und das leuchtende Tier kam und stand vor dem König. Die sich verzweigenden Hörner auf seinem Haupte waren gewachsen. Die Monde auf seinem Leibe pulsierten von Licht. Die sich verflechtenden Büschel von Haaren waren wie ein kleiner Wald auf seinem Rücken. Seine Augen glühten wie zwei feurige Kohlen. Es machte eine Verbeugung vor dem König.

„Leuchtender!“ sagte der König, „fürchte dich nicht. Ich trachte nur danach, dich diesen Helden zu zeigen. Vor ihnen und vor allen Kämpen der Welt bist du sicher, denn ich habe dich in meinen Schutz genommen.“

Das Tier reckte sich zu seiner vollen Höhe auf, und Feuer schnaubte aus seinen Nüstern. Es stampfte mit seinen Füßen.

„Nimm deinen Schutz zurück“, schrie es, „der dich nicht davor zurückhalten konnte, mich zur Schau zu stellen! Ich setze mein Vertrauen in meine eigenen Füße, ich, der schnellste Renner der Welt. Ich gehe hinaus durch meine eigene Kraft. Mit einem Fußtritt voller Verachtung verlasse ich die Schwelle deines Hauses. Ich speie auf deinen Schutz und deine Macht. Schwarze Wolken des Unglücks über dich und der verletzende, beißende Stich meiner Worte! Du kannst mich weder binden noch einholen!“

Hinaus und fort von ihnen lief es wie ein Blitz. Das Rote Weib lachte und klatschte in die Hände.

„Dein Schutz ist gebrochen, König des Berges“, rief es, „hinaus, hinaus - Hunde und Helden und Volk des Hügels! Folgt dem Tier!“

Auf sein Wort hin strömten sie hinaus: das hellfarbene Volk des Hügels, der herrliche König, der prächtige, strahlende Vogel, flatternd und rufend, die Fianna und ihre Hunde, Fionn mit Bran an seiner Seite. Weit vor ihnen verbreitete das Tier eine Helligkeit. Und hinter ihm mühten sie sich ab, Hund und Mann. Lange mühten sie sich vergebens. Als die Sonne höher und höher stieg, nahm das Leuchten des Tieres ab, und sein Lauf wurde langsamer. Es waren Blutspuren auf seiner Fährte. Und das Tier taumelte im Lauf. Immer um ein weniges mehr kamen sie an es heran. Bran war der Hund, der ihm am nächsten war. Aber näher noch war ihm das Rote Weib, leicht und schnell und strahlend, wie ein rubinroter Schatten der Helligkeit des Tieres. Als das Tier endlich fiel, war es das Rote Weib, das neben ihm stand. Auf einer weiten, baumlosen Ebene stürzte das Tier zur Erde. Es stieß einen mächtigen, stöhnenden Schrei aus und starb. Die Sonne sank hinter den Rand der Welt, und das Rote Weib, das da stand, war roter als die Sonne.

Als Fionn und die Fianna und die Hunde und das Volk aus dem Hügel ankamen, sahen sie nicht das Leuchtende Tier. Sie sahen einen Mann, der die Kraft eines Eichbaumes hatte, tot da liegen. Seine sonderbaren Gewänder waren starr von Gold, das überall dicht eingewirkt war zu Bildern von Vögeln und Schlangen und fliegenden Drachen. Sein Haar war umwunden von einem Reifen aus Malachit; es war ein Busch von Haaren, der sich verzweigte in Büschel und Locken und Knoten, und jeder Knoten, jede Locke und jedes Büschel war von einer anderen Farbe und trug einen Edelstein, prunkend und leuchtend. Eine Seite seines Gesichtes war weiß wie ein gebleichter Knochen, die andere Seite war ebenholzschwarz.

„Bleibt fern von ihm“, rief das Rote Weib, „es ist Gift der Natter in jedem Faden seiner Gewänder und Gift in jedem Büschel seines Haares, in jedem Edelstein, mit dem er aufgeputzt ist.“

Die Sonne warf eine letzte Röte über die Welt und sank. Aber der tote Mann dort in seinem verschwenderischen Schmuck leuchtete mit einem schwelenden Glanz, als ob seine Gewänder und Edelsteine Feuer in sich hätten. Er lag dort in einer das Auge beleidigenden, Böses verkündenden Helligkeit.

Das Rote Weib bückte sich und hob eine Handvoll Erde auf und ließ etwas davon auf die Stirn des toten Mannes fallen:

„Da dieser König tot ist“, rief das Weib mit einer hohen, singenden Stimme, „kann mein Sohn, der ein Dichter ist, wieder Gesänge machen.“

Es ließ etwas von der Erde auf des toten Mannes Brust fallen und rief:

„Da dieser König tot ist, wird mein Sohn, der ein Meister der Weisheit ist, wieder Frieden haben zur Meditation.“

Es ließ etwas von der Erde auf des toten Mannes Füße fallen und rief:

„Da dieser König tot ist, kann mein Sohn, der meißelt und schnitzt in Stein und Elfenbein, wieder Bilder formen von Menschen und Tieren und fliegenden Drachen - nach seinem Willen.“

Es warf den Rest der Erde leicht auf den toten Mann vom Kopf bis zum Fuß:

„Du, der die Schnelligkeit des Windes hatte“, sagte es, „und das unbezähmbare Herz des Windes - gehe mit dem Wind!“

Auf dieses sein Wort hin begann der Leib des toten Königs, der das leuchtende Tier gewesen war, zu schrumpfen und zu schrumpfen und sich zu verwandeln, bis er nichts anderes mehr war als ein lichtfarbenes Blatt, und der Wind wehte es fort. Das Rote Weib wandte sich Fionn zu:

„Du hattest Anteil an dieses Königs Tod", sagte es, „und es mag sein, daß Unglück über dich kommt. Für mich selbst gibt es kein Glück und kein Unglück mehr. Ich gehe zum Lande der Ewig-Leuchtenden. Und ich will dich und diese deine Gefährten und deine Hunde mitnehmen in jenes Land, wo du nur einen Wunsch auszusprechen brauchst und er ist dir schon erfüllt."

„Ich würde Irland nicht verlassen - seine Hügel und Täler", sagte Fionn, „wenn dein Angebot siebenmal so verlockend wäre. Wenn einer bei mir ist, der mit dir gehen möchte, mag er gehen."

„Auch wir bleiben lieber in Irland", rief die Fianna.

Cunnaun aber brummte: „Zuviel prahlerische Worte haben wir und leere Mägen. Hatte ich nicht die Wahrheit auf meiner Zunge, als ich sagte, diese Jagd würde ohne Wildbret ausgehen?"

„Sie soll nicht ohne Wildbret sein, kahler Cunnaun", sagte das Rote Weib, „drüben ist ein Hirsch." Und wirklich - in diesem Augenblick sprang ein großer roter Hirsch an ihnen vorbei, unbekümmert um die Hunde. Und fröhlich folgten alle Hunde seiner Fährte. Freudig folgte die Fianna ihnen im kalten Zwielicht. Und die Jagd ging auf das Tal der Drossel zu, genannt Glenna-smole. Aber als sie an das tauige Flußufer gekommen waren, sprang der Hirsch immer noch leicht vor ihnen her, unbekümmert um die Hunde. Und nicht einmal Bran war um die Breite eines Schweinerüssels näher an ihn herangekommen. Ein junger Sichelmond wurde heller am Himmel, und die Schatten verdichteten sich im Tal.

„Wir wollen die Hunde zurückrufen", sagte Fionn, „es ist nicht weise, diesem Tal zu trauen im Mondlicht."

„Gut gesagt, mein Herz!" rief eine lachende Stimme neben ihm aus - und da war das Rote Weib wieder.

„O, rufe die Hunde zurück", sagte Cunnaun, „wir waren Narren, daß wir sie aufriefen. Es gibt kein Wildbret auf dieser Jagd."

„Es gibt Wildbret, kahler Prophet", sagte das Rote Weib, und nahm vom Mantel einen kleinen, schlanken Hund, weiß wie Schnee auf einem Bergesgipfel. Die Augen dieses Hundes waren blau wie Enzianblüten, und seine Ohren waren rot wie die Knospen an einem Apfelbaum, der wild in einem Erlendickicht wächst. Das Rote Weib hetzte ihn auf den Hirsch. Und mit einer Wendung seines Kopfes und einer Drehung seines Körpers brachte er ihn zur Strecke und ließ ihn leblos am Boden zurück.

„Das ist für dich, Cunnaun", sagte das Rote Weib, hob den Hund in den Mantel und ging lachend hinweg.

„Fionn", sagte Cunnaun, „schon manches Mal gab ich dir einen guten Rat, wenn auch seine Weisheit bitter war. Und nun will ich dir einen guten Rat geben. Lasse dich nicht ein mit diesem Hirsch, damit wir nicht immer aufs neue in Verzauberung geraten. Gewiß wird er, sobald wir ihm unsere Rücken zukehren, wieder auf seinen Füßen sein und hinwegspringen, leicht und unbekümmert. Mir liegt nichts daran, mich in dieser Stunde der Nacht im Lande unter den Wogen wiederzufinden oder vielleicht selbst in Balors Land. Ich möchte in dieser Nacht nicht dem Geschrei der Hexen und kopflosen Dämonen lauschen, so wie du es tatest, als du in die Zauberhütte hineingingst im Tal der alten Eibe. Laß uns unsere Schritte gen Aloon wenden, wo Met in Menge ist. An Wildvögeln von den Marschen wird es uns nicht fehlen, noch an wilden Ebern, geröstet mit Honig und Äpfeln, noch an Fleisch von Stieren. Sänger werden für uns singen, und Kerzen werden angezündet sein."

„Ja", rief Diarmid, „laß uns gehen, Fionn, wir haben eine Geschichte zu erzählen heute abend."

„Was hat Bran dazu zu sagen?" fragte Fionn.

Bran rieb ihre Schnauze in Fionns Hand und rannte los nach Aloon.

# DAS HAUS IM TAL DER EIBE

# Das Haus im Tal der Eibe

Diarmid, der Braunhaarige, neigte sich über einen altirischen Bratofen. Er hatte ein Loch in die Erde geschaufelt, hatte es ausgefüttert mit Steinen, hatte ein großes Feuer darin entzündet und schrappte nun die glühende Asche heraus, um ein Stück Hirschfleisch auf den heißen Steinen zu rösten. Cunnaun mit der bitteren Zunge lag behaglich ausgestreckt und lehrte Diarmid die Kunst, Bratöfen zu bauen.

„Als ich in deinem Alter war, mein Teurer", sagte Cunnaun, „hatte ich eine Wildbretkeule gebraten in weniger Zeit, als du brauchst, den Ofen zu heizen. Ich konnte . . ."

„Ich weiß", sagte Diarmid, „und wenn du in meinem Alter wärest in dieser Minute, du würdest nicht deine Ohren spitzen, der Rede des alten, kahlen Cunnaun zu lauschen, du würdest die Haut deiner Finger der heißen Asche überlassen und mit Verwünschungen und Flüchen nicht sparen. Es ist schade, daß du nicht von einem Alter mit mir bist, in dieser Minute!"

„Wahrhaftig, Diarmid, es ist mehr als schade. Wenig würde es mich kümmern, meine Finger zu verbrennen oder Rauch in meine Augen zu bekommen, wenn ich von einem Alter sein könnte mit dir, in dieser Minute. Nichts auf der weiten Welt ist etwas so Kostbares wie die Frische der Jugend, außer vielleicht der Möglichkeit, die Weisheit der Älteren hören zu können."

„Gut, ich höre sie", sagte Diarmid, „und wenn ich nicht auf sie gehört hätte vor einer Weile, wären wir nicht hier. Wir wären nicht vom rechten Wege abgekommen bei dem engen Tal und hätten unsere Jagdgefährten nicht verfehlt. Wir wären nicht verbannt auf diesen kahlen Hügelhang, nur mit unseren beiden Hunden und dem Stück Wildbret, das sie erlegten am Ende des Tages. Wir säßen jetzt in Aloon mit unseren Gefährten."

„Laß mich daran nicht denken“, seufzte Cunnaun, „wir würden Wein der Griechen trinken oder goldenen, berauschenden Met aus silbernen Bechern und uns erheitern an Lachsschnitten und Enten und gebratenem Eber und dem Fleisch der Wildgänse. Zu wohl weiß ich es - ein vom Glück verstoßener, elender, unglückseliger Mann, der ich bin!“

„Ist es nicht verschwenderisch, wie du mit deinen Klagen umgehst, Cunnaun? Manches Mal hast du mir erzählt, daß die rechte Nahrung für Heroen Brot aus geschrotetem Weizen ist, gebacken auf einem Stein, und Wasserkresse vom Bach. Wasserkresse wird uns nicht fehlen bei diesem Mahl. Es ist ein Bach in der Nähe.“

„Ein Unglück kommt nie allein. Und nichts ist so schlecht, daß es nicht noch schlechter sein könnte, Diarmid, mein Lieber. Ich erinnere mich einer Nacht, in welcher Fionn die Möglichkeit hatte, auf einem einsamen Hügel wie diesem zu bleiben in Bequemlichkeit und Zufriedenheit, wenn er es gewollt hätte - aber nein! Er mußte etwas Besseres suchen. Er mußte in ein Haus gehen. Wir wissen alle, wie dieses Wagnis endete.“

„Manches Mal hast du mir diese Geschichte versprochen“, sagte Diarmid, „und nun wäre es gut, sie zu hören. Du warst niemals ein Geizhals mit Worten, Cunnaun. So beginne die Geschichte.“

„Du sollst die Geschichte haben, Diarmid, mein Teurer“, sagte Cunnaun, „und möge sie dir zur Weisheit verhelfen und eine Warnung sein. Wenn deine Füße dich irreführen in fremde Häuser, bringe dir diese Nacht in die Erinnerung zurück und des kahlen Cunnaun Geschichte:

Fionn und Usheen und Keeltya und ich ritten auf den Pferden, ja, wir ritten um die Wette miteinander, bis wir, zu Beginn der Nacht, zu der langen, dürftig bewachsenen Hügelkette kamen, von welcher man in das Tal der Alten Eibe hinunterschaut. Und hier überfiel uns ganz plötzlich eine große Müdigkeit. Wir waren müde bis auf die Knochen. Die Pferde waren abgeneigt, noch einen Fuß vor den anderen zu setzen. ‚Laß uns hier rasten', sagte Usheen, ‚wir haben die Bettdecke des Himmels über uns.' ‚Wir werden wohl keinen besseren Flecken finden', sagte Fionn. Wir banden die Pferde zusammen und suchten noch nach weichen Plätzen zwischen den Heidebüschen, als Usheen ein Licht in dem Tal erspähte - o Schrecken! ‚Da ist das Haus eines Brughfers unter uns', sagte er, ‚seht wie das Licht vom Dach strömt!' ‚Ich wüßte nicht, daß dort je ein Haus gestanden hat', sagte Fionn. ‚Vielleicht ist es ein Haus des Volkes der Dana', sagte Keeltya, ‚dann würden wir Freunde und Verwandte darin finden.' ‚Fionn', sagte ich, ‚laß Vorsicht walten! Nicht jeder Baum trägt Äpfel, die rotesten Beeren sind oft die bittersten, und mancher Fuchs hat schon seinen Schwanz in einer Falle verloren!' ‚Alter Fuchs', sagte Fionn, ‚wenn du einen Schwanz gehabt hättest, so hättest du ihn verloren an jenem Tag, da du auf der Bank in dem Zauberhause saßest und dich nicht von ihr erheben konntest.' ‚Wenn ich auch auf dieser Bank des Unglücks gesessen habe, Fionn, habe ich nicht seither an Weisheit gewonnen? Bin ich nicht ein Druide der Weisheit und ein erblühter Baum des Wissens in dieser Minute, da ich dir guten Rat gebe?' - aber die Worte waren an ihnen vergeudet, Diarmid, mein Held. Niemals bürde dir mehr Weisheit auf, als du nötig hast für dich selbst. Sei nicht verschwenderisch und freigebig mit dem Wissen, das du hast, denn es gibt nichts, das so wenig Dankbarkeit erhält in dieser Welt!

Hinunter gingen sie, erhobenen Hauptes, und führten die Pferde zu dem Hause mit den hellscheinenden Lichtern. Und hinunter mit ihnen ging ich selbst, der alte kampfgeprüfte Cunnaun, der niemals einen Gefährten unbeschützt zurückließ. Ich habe eine Nase für Unglück, und ich konnte Unglück riechen und Mißgeschick, das von diesem Hause ausging, welches in verschwenderischem Lichte dalag und schön anzuschauen war. Wirklich, kaum waren wir bis unter die Schatten seiner Wände gekommen, als ein Schrei, der das wässerige Blut einer Kröte hätte gerinnen lassen, aus dem Hause kam. Meine Füße hatten Vernunft genug, sich zu wenden und mich fortzutragen von diesem Ort. Aber die anderen gingen auf die Tür zu wie Fliegen auf den Honig. So ging ich zurück, meinen Füßen zum Trotz. Als wir das Haus erreichten, schwang die Tür auf und ein Haufen von schlechtgekleideten, übelgestalteten, grob aussehenden Männern kam hervor und ergriff die Pferde, ja, selbst mein eigenes Pferd. Sie riefen: ‚Willkommen sei die Fianna! Tretet ein und genießt unsere Gastfreundschaft!' Ich roch Unglück, mehr als je bei diesem Worte, aber ich trat ein mit den anderen.

Meiner Treu, Diarmid, es war ein armseliges Haus. In dem Augenblick, da wir die Schwelle übertraten, schien es zusammenzuschrumpfen bis zu der Göße einer Hütte. Ein rauchiger, schlechterleuchteter Schuppen, ein Platz, den jeder meiden würde, der nur etwas auf sich selbst hält.

Wir traten ein, oder besser - fielen über unsere eigenen Füße und über die Schwelle, denn der Lehmboden war voller Löcher. Ein halbtotes Feuer rauchte in einer Ecke. Es war nichts da, worauf man sich hätte setzen können außer einer alten Planke, über die einige Fetzen einer Bettdecke gebreitet waren. Fionn setzte sich auf diese Planke, sorglos und unbekümmert. Aber der weise alte Cunnaun lehnte sich gegen die Wand nahe an der Tür. Weise ist der Feldherr, der sich die Möglichkeit zum Rückzug offenhält, Diarmid."

„Du saßest einst auf einer verzauberten Planke, Cunnaun", sagte Diarmid.

„Hör auf, davon zu reden. Ich habe Weisheit dadurch bekommen. Und das ist mehr, als du bekommen würdest,

Diarmid, Braunlockiger, vielleicht würdest du nicht einmal eine neue Haut bekommen - der alte Cunnaun bekam beides. Er ist ein Fuchs, der einen neuen Schwanz bekommen kann!"

„Die Geschichte", rief Diarmid.

„Gut - ich stand an der Wand und ließ meine Augen durch die Hütte wandern. Ich konnte nichts sehen außer Schatten, die sich bewegten, sich verdichteten und sich wandelten. Und das Feuer sank tiefer und tiefer. Der Mann des Hauses kauerte beim Feuer. Er war bärtig wie eine Ziege, und sein dünnes, graues Haar fiel ihm über die Augen. Er hatte einen formlosen grauen Mantel umgewickelt, und wenn jemals irgendeiner ausgesehen hat wie ein Aschenkobold, so war es dieser Mann. ‚Wenn dies das Haus eines Brughfers ist', sagte ich, ‚so ist wenig Behaglichkeit darin durch Licht und Feuer.' Da warf die Gestalt an der Herdstelle einige krumme Aststücke auf das Feuer. Und die Hütte war erfüllt mit dem bitteren, stinkenden Rauch von Holunderholz. Bedenke das, Diarmid, mein Herz, Äste vom Holunderbaum, die gebraucht werden für Verwünschungen und Flüche.

Bei dem Rauch begann Fionn zu husten und Usheen wischte sich seine Augen. Aber ich blieb wachsam und schaute umher und erspähte eine Hexe, die in der entferntesten Ecke kauerte wie ein mißgestalteter Schatten. Als einer von diesen giftigen Ästen aufflammte, konnte ich ihr Gesicht erkennen, einäugig, schiefmäulig, mager wie ein Gerippe. Als der Ast wieder aufflammte, sah ich, daß ihr Gesicht flach und rund war wie der volle Mond, und es waren drei Augen darin. Der Ast flammte wiederum auf, und ich sah, daß ihr Gesicht war wie das Gesicht eines Wiesels. Und erst als ein Ast für längere Zeit flammte, so lange, als du brauchst, deine Finger zu zählen -, sah ich, daß sie drei Köpfe hatte auf einem Hals. Und dieses Mal sah ich auch, daß die andere Ecke besetzt war von einem Wesen, das überhaupt keinen

Kopf hatte. Aber es war nicht ohne Augen, denn es hatte eine große, starrende Augenhöhle auf der Mitte seiner Brust.

Ich versuchte Fionn zu bewegen, diese Gestalten des Mißgeschicks zu betrachten, aber wie ich mich auch bemühte durch Husten, Niesen und Schnaufen - Fionn saß auf der Bank, sorglos und unbekümmert. Keeltya rieb die Klinge eines Dolchmessers, das er bei sich hatte, und Usheen wischte das Wasser aus seinen Augen. Die Sicherheit eines jeden hing ab, wie so manches Mal vorher, vom Verstand und Witz des alten kahlen Cunnaun!

Nun, um eine lange Geschichte kurz zu machen, das ziegenähnliche graue Gehudel von Knochen am Feuer sprach plötzlich: ‚Was hat meine Dienerschaft in Schweigen versetzt? Warum ist keine Musik da, Fionn zu erfreuen, den Sohn des Uail, Sohn des Trenmor, Sohn des Bassna, den Anführer der Fianna und die edlen Gefährten, die bei ihm sind?' Kaum waren die Worte aus dem Böses kündenden Munde, als sich neun kopflose Gestalten auf der einen Seite des Raumes erhoben und neun Köpfe ohne Leiber sich auf der anderen Seite aufrichteten. Die kopflosen Gestalten schrien und kreischten den Köpfen zu, und die Köpfe schrien und kreischten den kopflosen Gestalten zu. Es war eine Musik, die einem die Knochen im Leibe hätten zerbrechen können. Ein Mann hätte über die Klippen springen und sich im Meer ertränken mögen, ihr zu entkommen. Ein Mann wäre lieber neun Tage ohne zu essen und zu trinken gewesen als irgendwo auf einem Feste, wo auch nur der leiseste Widerhall dieser Musik seine Seele verwüstet hätte. Aber Fionn blieb sitzen, und Keeltya und Usheen bewegten kein Ohr.

‚Ist es eine gute Musik?' fragte das mißgestaltete, rauchbesudelte Spottbild eines Mannes neben dem Aschenhaufen. ‚Wenn ein Haus das Beste bietet, was es hat', sagte Fionn, ‚kann nichts Besseres erbeten werden.'

,Gut gesprochen und eines Helden würdig', sagte der gastfreie, Gesang spendende Herr des Hauses, und er schüttelte einen Schauer von Asche aus sich heraus und stand auf. ,Ich muß ein Essen bereiten, das diesen Gästen gemäß ist'. Er ging murmelnd und stolpernd aus dem Raum hinaus. Ich sah aber keine Tür, durch die er ging.

Er kam zurück mit Stücken von zähem, faserigem, schlechtriechendem Fleisch, aufgesteckt an Spießen von Eberesche, Fleisch, das eine Ratte nicht mehr angerührt hätte, selbst eine verhungernde nicht. Hätte ein Hund ein einziges Mal eine Nase voll davon geschnüffelt, er wäre eine Meile weit fortgerannt, um sich vor einem zweiten Mal zu bewahren. Der graue mißgestaltete Mann brachte die Spieße dicht an das übelriechende Feuer, und schwarzer und schwärzerer Rauch kräuselte sich in unsere Augen und Nasen. Ebereschenspieße und ein Fleisch daran, das ein Greuel war! Verlasse dich darauf, daß der alte schlaue Cunnaun die Ebereschenspieße wahrnahm! Ich schnaufte so laut - nur einmal -, daß die Sparren bebten, und erhaschte endlich den Blick Fionns. Ich gab ihm einen Wink, vorsichtig zu sein mit diesem Fleisch; aber nur einen Wink, denn ich dachte, es sei nicht weise, übermäßig viel Aufmerksamkeit auf mich zu ziehen, wohl wissend, daß ich die Stütze dieses Abenteuers war. Fionn zeigte, daß er mich verstanden hatte. Und das war ein Glück, denn der Mann des Hauses bot ihm einen Augenblick später ein Stück Fleisch auf der Spitze eines Bratspießes an. ,Es ist nicht meine Gewohnheit, rohes Fleisch zu essen', sagte Fionn, und ich gebe dir mein Wort, Diarmid, dieses Fleisch war so roh, als ob es niemals das Feuer gerochen hätte. ,Verschmähst du die Gastfreundschaft dieses Hauses?' rief unser freigebiger, höflicher Wirt. ,Was ich gesagt habe, habe ich gesagt', antwortete Fionn. ,Du beleidigst das Haus und seine Gastfreundschaft. Nichts hat für dich Geschmack und Wert, das nicht dir selbst gehört. Vielleicht wäre es angebrachter, dir den Kopf und den Schwanz deines eigenen Pferdes als ein Gastmahl darzubieten - dir, undankbar wie du bist für Obdach und Speise.' Dies brachte Fionn auf seine Füße, und Keeltya und Usheen mit ihm.

Dann begann der Spaß. Die Köpfe, die bis dahin in einer Ecke geschnarcht hatten, erhoben sich in einem Schwarm, wirbelten wie die Bälle, die von einem Zauberkünstler geworfen und aufgefangen werden, hin und her, grinsten und kreischten vor Wut und schnappten nach der Leere der Luft. Die Kopflosen sprangen auf, schulterten sich gegenseitig, verdrehten ihre häßlichen Leiber und klapperten mit den verrenkten Knochen. Die giftige, dreiköpfige Hexe stieß einen gellenden Schrei hervor aus jedem ihrer Mäuler und machte einen Luftsprung auf Fionn zu. Das nahm ihm den Atem. Er war ihr nicht gewachsen. Sie klammerte sich an ihn wie eine Fledermaus. Sie lastete auf ihm wie ein Berg. Sie biß und kratzte. Sie krallte ihre langen, knochigen Tatzen von Fingern in seine Kehle, und ganz sicher wäre sie sein Tod gewesen, wenn ich nicht die Planke aufgehoben hätte, mit den Fetzen von Decken, die Fionn als Sitz gedient hatte, und sie mit beiden Händen geschwungen hätte als eine Waffe der Notwehr gegen die Hexe. Ich schwang sie - während die Köpfe über mich herfielen und zurücksprangen wie Fliegen - als eine Schlachtkeule und als einen Sturmbock. Ach, Diarmid, du wirst niemals wieder von einem Kampf hören wie diesem. Der kahle Cunnaun war der Meister dieses Kampfes. Er schwang die Bank hin und her, vor und zurück und schlug mit ihr Köpfe und Kopflose zurück wie Bälle. Jeder Schlag, den ich einem mißgestalteten Bruchstück versetzte, löste einen gellenden Schrei aus, der in die leeren Räume der Sterne hinaufwanderte. Und nicht allein stieg dieser Schrei hinauf, denn das Haus dröhnte und brauste und summte von Schlägen und Stößen und Rufen und von herumschwirrenden Leibern, die aneinanderkrachten und stürzten und durcheinanderwirbelten.

Das rauchende Feuer ging zischend aus, und wir kämpften im Dunkel, kämpften, bis wir taumelten und wankten und das gewöhnliche Bewußtsein verloren. Jahre und Jahrhunderte türmten sich auf über uns, und immer noch schwankten und kämpften wir, trunken von Zauber und Raserei und Torheit, in einer Welt, die um uns herumschaukelte, kreischend und unsichtbar. Wir hätten dort wohl gekämpft, bis die Zeit selbst in den Abgrund gleitet, wenn nicht eine mächtige Stimme gerufen hätte - eine Stimme, gewaltig genug, einem Berg anzugehören. Sie rief: ‚Hallo, Hallo, die Jagd ist eröffnet. Hydromel! Hydromel!‘ Sie rief außerhalb des Hauses, und von ihrer Gewalt erbebte die Erde.

Da brach Stille ein in unseren Wirrwarr von Lärm, eine Stille, die andauerte, eine Stille, die wie ein aufgerissenes Loch war, wie ein Abgrund unter unseren Füßen. Wir fielen in diese Stille hinein, diese Stille saugte uns die Kraft ab, wir fielen einer über den anderen, wir hatten keine Kraft mehr, auf unseren Füßen zu stehen, wir hatten kaum noch Kraft zu atmen. Wir lagen übereinandergestürzt wie Tote. Wortlos und besinnungslos lagen wir, bis der Himmel erbleichte in der Morgendämmerung. Da begannen unsere Gedanken, sich schwach zu regen, wie die Gedanken von Kindern, die soeben aufgeweckt sind. Wir entdeckten, daß wir auf den Kräutern und Disteln der Erde lagen, den bloßen Himmel über uns. Da war weder Steg noch Schwelle noch Stein des verworrenen, üblen, giftigen Hauses, das uns verlockte. Von einer Hexe war nichts zu sehen, auch von den Kopflosen nichts und von dem Mann des Hauses. Wir sahen unsere Pferde Gras nagen. Wir standen auf, wir befühlten unsere Glieder nach Wunden - wir hatten weder Schrammen noch blaue Flecken.

‚Ist das nicht seltsam‘, sagte Usheen, ‚daß ein Zauber uns soviele Stunden hindurch festhalten konnte - uns, deren Denkkraft noch nicht geschwächt ist durch zu viele Feste, uns, die wir in der Mittagszeit unserer Kraft stehen?' ‚Ich habe Dinge erfahren, die ebenso seltsam waren', sagte Keeltya, ‚aber wodurch sind wir in dieses Geschehen hineingeraten?' ‚Es kommt nichts auf einen Menschen zu', sagte Fionn, ‚als das, was er mit seinen eigenen Händen an sich heranzieht. Es mag sein, daß wir eine solche Gastfreundschaft verdient haben.' ‚Mit tauben Ohren und blinden Augen begegneten wir jeder Warnung, welche die Götter uns gewährten; wenn du dieses Verdienst im Sinne hast, Fionn', sagte ich, ‚dann leistet des alten Cunnaun Meinung der deinen Gesellschaft.' ‚Ich hatte einen gänzlich anderen Gedanken, Cunnaun', sagte Fionn. ‚Ich dachte an der Königin Sohn, der in den Tod ging unter uns!' Sein Sinn war zerstreut mit diesen Gedanken, Diarmid. Ich sage dir, mein Teurer, wenn Fionn nicht Hauptleute um sich hätte wie mich und Goll, der mein Bruder ist, sein Kopf läge seit langem unter dem Rasen - zu denken an der Königin Sohn!"

„Wer war der Königin Sohn, Cunnaun?"

„Das ist eine ganz andere Geschichte, Diarmid, mein Teurer, und es ist nicht viel darin, dich zu belehren oder zu warnen, denn du wirst wahrscheinlich nie in Todesgefahr kommen durch den Makel, den der junge Prinz hatte."

„Was für einen Makel hatte er?"

„Den Makel zu großer Vollkommenheit. Es ist eine traurige Geschichte, Diarmid - ohne Moral!"

„Mir ist sie darum nur lieber, Cunnaun."

„Nun, sie hat nur wenige Worte. Sein Vater war ein König im Norden. Seine Mutter war vom Verborgenen Volke, jenem uralten Geschlecht, das die Macht hat, unsichtbar umherzugehen. Und er war das einzige Kind, die einzige Hoffnung, der einzige Prinz seines Clans. Sein Sinn neigte zur Vollkommenheit. Er machte sich alles

Können unter der Sonne zu eigen und alle Weisheit. Das zu tun, Diarmid, mein Herz, heißt, sich zu verwickeln in ein Netz von Unglück, wie der Königssalm sich verwickelt oder der königliche Eber der Wälder, der in eine Fallgrube geführt worden ist durch die Jäger. Folge dem alten Cunnaun, der immer einige wenige Fehler behalten hat, sein Glück zu unterstützen."

„Hast du den jungen Prinzen jemals gesehen, Cunnaun?"

„Aber sicher, mein Teurer. Er kam zur Fianna, durch sie zu lernen. Aber in jedweder Kunst ließ er unsere jungen Männer hinter sich zurück: Sein Laufen war schneller, seine Glieder waren anmutiger, seine Stimme war erfüllter von Lachen. Und was jeder andere Held mit Anstrengung vollbrachte, führte er mit Leichtigkeit aus. Das war sein Untergang."

„Höre auf mit deinen Rätseln und der verschrobenen Redeweise, Cunnaun! Wie konnte so etwas irgend jemanden in den Untergang führen?"

„Es führte ihn in den Untergang, mein Falke. Denn Tag und Nacht zog er die Gedanken von jung und alt an sich heran, sich verflechtende Gedanken von Bewunderung und Liebe, von neidischer Sehnsucht, von giftiger Eifersucht, von aufreibendem Haß. Die Freude der Erde erreichte ihn nicht mehr - und die Kraft der Sonne war abgesondert von ihm. Er starb. An diesen Tod dachte Fionn. Er verwickelte seinen Sinn in diesen Gedanken und kam nicht los davon, - und wir alle waren zerrüttet von dem Kampf, den wir hinter uns hatten."

„Es ist nicht verwunderlich, daß Fionn daran dachte", sagte Diarmid, „vielleicht hatte auch der Kobold, der euch Gastfreundschaft anbot, es in seinem Sinn."

Er ging still hinüber zu seinem Ofen und begann, ihn freizulegen. Der Duft, der daraus aufstieg, war gut. Cunnaun schmatzte mit seinen Lippen.

# DES KÖNIGS KERZENLEUCHTER

# Des Königs Kerzenleuchter

„Cunnaun“, sagte Diarmid, „Hast du ein wenig Geschick in der Deutung von Träumen?“

„Der alte Cunnaun ist nicht einer, der sich rühmt mit irgend etwas, was er kann. Aber du brauchst nicht weiter zu gehen als zu mir um eine Weissagung in einer wirren Zeit und um eine richtige Ausdeutung eines Traumes.“

„Ich habe einen Traum für dich, Cunnaun. Ich träumte, ein Vogel, in jeder Farbe der Schönheit, kam aus der Bläue des Himmels und ließ sich nieder . . .“

„Halt!“ brüllte Cunnaun. „Dies ist kein Tag, einen Traum zu erzählen, wenn der Mond abnimmt und dahinschwindet am Himmel und der Wind von Osten weht, während wir selbst unter einem Dornbusch sitzen, durch welchen dieser schwächliche Wind pfeift und wehklagt in einer Art, wie er pfeifen und wehklagen mag durch die Knochen eines Drachens, der vor tausend Jahren starb und vergaß, sich einzugraben. Habe ich dir jemals erzählt, Diarmid, wie ich eines Tages selbst die Gestalt eines großen, mächtigen Vogels angenommen und Fionn aus der Gefangenschaft errettet habe in jener Zeit, als der König von Lochlann ihn Tag und Nacht gefesselt hielt, nachdem er ihn von Irland entführt hatte? Habe ich dir erzählt, wie ich aus den Kriegern von Lochlann kleine Stücke machte und sie so zerhackte, daß ein verhungernder Rabe an ihnen keinen Bissen mehr für sich gefunden hätte? Ich schlug die Sparren in der Festhalle nieder mit meinen Flügeln und zerriß die gehämmerten Schilde und die kunstvoll verflochtenen, ehernen Rüstungen mit meinem Schnabel.“

„Ich weiß es, Cunnaun. Manches Mal hast du mir diese Geschichte erzählt. Du hattest einen Schnabel von Eisen, länger als die Länge eines menschlichen Körpers, und Krallen aus Diamant und so viele und schöne Federbüsche und Federn in allen Regenbogenfarben, daß die Tochter des Königs von Lochlann krank wurde vor Sehnsucht nach dem Lande, von welchem du gekommen warst!"

Du hast ein gutes Gedächtnis, Diarmid, mein Herz. Fülle es mit Heldengesängen und Geschichten von großen Taten. Und was die Geschichten über Befreiungen angeht - es gibt keine, die der Erinnerung würdiger wäre als diese Befreiung von Lochlann. Sogar Keeltya, der sich selbst zu einem Kerzenleuchter machte und so manchen Dingen standhielt, könnte nicht prahlen gegen Cunnaun."

„Das ist eine Geschichte, die du mir nie erzählt hast, Cunnaun. Wie verwandelte sich Keeltya in einen Kerzenleuchter?"

„Einfach genug, mein Teurer - indem er eine Kerze hielt! Es war zu jener Zeit, als Fionn Gefangener war in Tara, unter dem Zorn des Hochkönigs. Das war eine leidvolle Zeit für uns alle. Manchen Kunstgriff und manche Kriegslist versuchten wir. Und manchen harten Streich haben wir geschlagen in der Hoffnung, ihn zu befreien oder auch nur ein Wort mit ihm zu tauschen. Keeltya veranstaltete eine große Schlägerei, dasselbe tat Goll, und der alte Cunnaun prügelte seinen Verstand - alles war vergebens. Zuletzt hatte Keeltya einen Gedanken. Keeltya ist von der Art jener braunen, zartgliedrigen Männer, die einen Hirsch im Lauf überholen können. Sein Sinn ist immerfort mit allen möglichen Dingen beschäftigt, er wendet und dreht sie, greift nach ihnen und erhebt sich mit ihnen in die Luft wie der Wind, der Sand und Blätter und Staub aufwirbelt, emporhebt und wendet und dreht und zerstreut in die endlosen Räume des Himmels. So kam Keeltya schließlich auf einen Gedanken. Er kleidete sich in das Gewand eines Kaufmanns aus fernen Ländern und machte sich auf nach Tara mit Ohrringen in den Ohren und Weinschläuchen, geladen auf einer Reihe von knochendürren Schindmähren, die aussahen, als wären sie über alle Höhen und durch alle Täler der Welt gewandert.

Ob es nun lange dauern mochte oder nicht, er blieb in Tara, bis er sich eines jener Männer bemächtigen konnte, deren Pflicht es ist, neben dem Thron des Königs zu stehen und die große, wächserne Kerze zu halten, die nur für einen König angezündet wird. Keeltya fesselte den Mann, streifte ihm die Kleider ab und zog sie selbst an. Dann ging er keck in den Palast hinein und übernahm den Dienst eines Kerzenträgers. Er hatte Feste gefeiert in Tara und kannte die feierliche Art, in der er zu stehen und die Kerze zu halten hatte. Und ich sage dir, Diarmid, mein Teurer, es war kein Spaß, dazustehen und diese Kerze zu halten, schwer, wie sie war, und riesengroß, wie sie war, und ermüdend, wie die feierliche Haltung war, die der Zeremonienmeister irgendwelchen alten Schnitzwerken oder Wandmalereien entnommen hatte, wo jene, die das durchhielten, nicht in tausend Jahren ermüden konnten. In Tara lösten sich die Männer ab im Stehen und im Halten der Kerzen.

Nun, Keeltya war der erste Kerzenträger dieser Nacht. Und er stand da mit einem Gesicht wie aus Holz geschnitzt, aufrecht und steif in feierlicher Haltung. Aber trotz alledem schaute der König ihn scharf an, mehr als einmal, und nach einer Weile sagte er zu Fionn: ‚Es scheint mir, Fionn, als ob die beiden Augen Keeltyas in meinem Kerzenleuchter erglänzten.' Wenn Fionn nun eine Nase für Ereignisse gehabt hätte - wie ich -, so hätte er wahrscheinlich etwas gerochen. Aber er ist ein argloser Mensch, mein Teurer, ohne Sinn für Ränke und List - einer, der sich nur mit dem Schwert durch jedes Abenteuer schlägt. Er warf ein Auge auf die hölzerne Bildsäule, die Keeltya aus sich gemacht hatte, und sagte: ‚Suche anderswo nach Keeltya, o König. In keinem Palast der Welt und vor keinem König der Erde würde

Keeltya wie ein Diener stehen. Denn Keeltya, mußt du wissen, hat Verwandte unter dem Volk der Dana wie Fionn selbst. Und wahrhaftig, wenn er der leibliche Vetter des Drachen wäre, der in der Sonne lebt, er könnte nicht mit einem stolzeren Gang einhergehen. ‚Denke, was du willst, Fionn', sagte der König und achtete fortan nicht mehr auf Keeltya.

Und Keeltya stand da mit der Kerzenflamme vor seinem Gesicht, und sein Gesicht war wie eine Maske, bis die Zeit kam, da ein Mann ihn ablösen sollte. Da sagte der König: ‚Ein Wechsel ist lästig. Dieser Kerzenträger gefällt mir. Laßt es gut sein!' So stand Keeltya da, stand bewegungslos mit der riesigen Kerze, bis wiederum die Zeit kam, da ein Mann ihn ablösen sollte. Und wiederum sagte der König: ‚Ein Wechsel ist lästig. Dies ist nicht ein alltäglicher Kerzenträger. Ich will ihn nicht behandeln wie einen gewöhnlichen Menschen. Laßt es gut sein!'

Und Keeltya stand da.

Die Mundschenken füllten des Königs kristallenen Becher mit Wein, und plötzlich, mit einer Wendung seiner Hand, schleuderte der König den Wein in Keeltyas Gesicht. ‚Der Kerzenleuchter hat die Kerze zu lange gehalten, er braucht Abkühlung', sagte er. Der rote Wein platschte in Keeltyas holzgeschnitztes Gesicht und auf seinen steifen, gelben Talar. Einige junge Lords lachten laut. ‚Ja, lacht nur', rief der König. ‚Leere Hirnschädel, lacht und kreischt vor Lachen, wie die Möven kreischen und lachen über einen toten Hering! Es ist nicht einer unter euch, der das aus Liebe zu mir tun würde, was dieser Schwertschwinger getan hat aus Liebe zu Fionn.' Und sich an Keeltya wendend, sagte er: ‚Was für eine Bitte willst du an mich richten, Keeltya, MacRonan?' ‚Ich möchte dich fragen, o König, was du als Gegengabe für die Freiheit des Fionn verlangst.' ‚Wenn ich sagte, ich würde ihn eintauschen für die Sonne vom Himmel, könntest du eine Hand ausstrecken und sie herunterholen?' ‚Ich könnte alles tun, was ein Mensch vermag', sagte Keeltya. ‚Kein König sollte mehr verlangen.' ‚Keeltya', sagte der König, ‚überreiche diese Kerze dem lautesten Lacher, und stehe hier vor mir. Du hast Krieg geführt gegen mein Land und meine Leute erschlagen. Willst du meine Freundschaft annehmen anstatt der Freiheit des Fionn?' ‚Nein, das will ich nicht', sagte Keeltya. ‚Dann', sagte der König, ‚will ich seinen Preis festsetzen für dich. Du kannst den stolzen roten Hirsch einholen im Lauf, wie ich höre, und du hast einen Verwandten, der die Vögel und Sterne vom Himmel herunterzaubern kann. Bringe mir hier nach Tara ein Paar von jeder Art von Vögeln und Tieren, die Irland hat. Ich will Fionn die Freiheit geben, sobald ich alle die Tiere hier sehe.' ‚Erringe Segen und Sieg, o König', sagte Keeltya, ‚du sollst sie sehen, wenn das Leben mir erhalten bleibt und die Kraft meiner Glieder mich nicht verläßt.' ‚Du hast ein tapferes Herz, Keeltya', sagte der König, ‚und da du einmal hier bist, gehe nun hinüber zu Fionn und tausche ein paar Worte mit ihm, denn ich denke, du wirst nicht in einem Tag und in einer Nacht oder mit einer Handbewegung die Tiere zusammenholen können.' Keeltya war durchaus nicht abgeneigt, mein Teurer, einige Worte mit Fionn zu tauschen - und da hast du die Geschichte von Keeltya, wie er sich selbst zu einem Kerzenleuchter machte."

„Das ist nur eine halbe Geschichte, Cunnaun. Hat er die Tiere bekommen?"

„Er hat sie bekommen, sicher, mein Teurer. Ein ganzes, langes Jahr hindurch sammelte er sie und nahm große Anstrengungen und Beschwerden auf sich in Marschen, in schilfreichen Sümpfen, in dunklen, dichten Wäldern und auf hochgelegenen, windigen Plätzen. Er hatte ein Paar goldene Adler von den steilen Bergen von Loch Layney. Er hatte den kleinen goldschopfigen Zaunkönig, der mit einem so süßen Ton singt im Frühling. Er hatte wilde Schwäne, grün und schwarz geflügelte Regenpfeifer und stattliche Reiher von den öden Plätzen von Connaught, wo so viele kleine, leuchtende Seen sind. Er brachte Ziegen von den Felsenfestungen des Achill, schneeweiß, mit langem, seidigem Haar und Hörnern, gebogen wie der Sichelmond. Er hatte einen Eber von der dunklen, unheimlichen, tiefen Schlucht, genannt das ‚Tal des schwarzen Schweines', einen Eber mit einem Wald von Borsten und krummen Hauern, die ein Festland entwurzeln könnten. Rotäugig und riesig und schaumbegeifert war er, und die Borsten standen aufrecht wie ein Heer von Speerspitzen auf seinem Rücken - schwarze, starre, gräßliche, giftige Speerspitzen -, und sein Fell dazwischen und darunter war roter als das Gras der Marsch, wenn es einschrumpft im Winter und blutrot gefärbt ist vom beißenden Frost. Da war auch ein stolzer roter Hirsch von den hochgelegenen Bergweiden des Westens. Ein Mann in seiner vollen Größe hätte zwischen den Vorderbeinen dieses Hirsches gehen können, ohne sich zu bücken, so groß war er. Und zwei Männer hätten das Gewicht seines Geweihes nicht tragen können. Dachse waren da und Füchse und hagere graue Wölfe und Ottern und das kleine Volk, das sich eingräbt in die Erde oder hinaufklettert auf die hohen schwankenden Wipfel der Bäume. Er hatte einen weißen, wilden Stier, grimmig und mit schweren Hörnern, er hatte einen schwarzen Hengst. Er hatte einen Widder mit karmesinrotem Vlies.

Er ging sogar über das hinaus, was ein Mensch tun sollte, und holte die Katze aus der Höhle von Cruachan - eines von diesen seltsamen, heiligen, verborgenen Tieren, die herausgeführt werden durch die Druiden an den Festen des Mondes und an den Festen des Sternes Sirius - des federgeschmückten Tänzers, des Lichtes der Götter der Dana. Größer als ein Drei-Monats-Fohlen war dieses

Tier, ganz silberblaß und gefleckt mit Gold und Bronze und dem Schwarz des Ebenholzes. Seine Krallen waren wie geschliffener Onyx. Seine Augen waren grüner als die ersten Blattsprossen des Frühlings. Und nie zuvor war es an das Tageslicht gezogen worden.

Da war ein weiches, glattes Meertier vom Teich zu Moytirra - wahrhaftig, Diarmid, wenn ich fortfahren wollte, dir zu erzählen von den Vögeln und Tieren, die Keeltya hatte, und von den Plätzen, von welchen er sie holte, du würdest mehr als du magst dem alten Cunnaun zuzuhören haben. Aber wie er sie dann nach Tara bekam, das weiß keiner außer Keeltya selbst. Und er hat das Geheimnis niemals verraten. Vielleicht hat das Volk der Dana, das ihm verwandt ist, die Tiere getrieben - vielleicht hatte er selbst eine starke Zauberkraft -, aber er hat sie nach Tara gebracht, und er hat sie zusammengehalten und gehütet und hineingetrieben in das Haus auf dem geschnittenen Rasen, das der König ihm als Schuppen für die Tiere gegeben hatte. Das Haus hatte neun Türen, und Keeltya bewachte mit äußerster Aufmerksamkeit und Sorge die Befestigungen einer jeden Tür und wartete darauf, daß die Sonne emporsteige und daß der Hochkönig von Irland sich zeige. Denn zeigen muß sich der Hochkönig an jedem Tage des Jahres mit seinen Druiden, Dichtern und Edlen, bevor die Sonne aufgeht. Er muß die Sonne willkommen heißen und sie erfreuen mit Gesängen und magischen Runen und feierlichen Gebärden - so mußte auch dieser König sich in Tara zeigen -, die aufgehende, prächtige, rubinrot erstrahlende Sonne willkommen zu heißen unter dem Donner der gewundenen Trompeten aus Bronze, während die Feuer auf den Bergen aufloderten und die Rufe der Druiden aufstiegen wie Vögel, die sich in Schwärmen erheben und die Erde vom Gefieder schütteln.

Keeltya warf immer und immer wieder ein Auge auf die Weihepforte des Palastes, wahrhaftig, er war es müde, immer wieder ein Auge auf sie zu werfen, und immer wieder, um sich zu beruhigen, die Felder der Pforte aus roter und weißer Bronze mit den kunstvoll eingearbeiteten Vögeln und Drachen zu zählen. Er war es müde, den Himmel abzusuchen nach den jungen Pferdelenkern der Sonne; aber plötzlich schwang die Tür auf, und König und Druide und Dichter und Prinz und Gelehrter und Richter - die ganze feierliche Prozession strömte hervor wie ein vielfarbener Fluß. Keeltya ließ sie bis an den Rasen herankommen. Er salutierte dem König. Er machte eine Verbeugung bis zur Erde. Er riß die Befestigung von den Türen und warf sie weit auf. Und heraus und herauf schwirrend und schwärmend und brausend und sausend, sich überstürzend und überschlagend mit Flattern und Zwitschern, mit Heulen und Bellen, mit Knurren und Brummen, mit Kläffen und Jaulen, mit Quieken und Quaken, unter einem brüllenden, tobenden Donner befreite sich die eingepferchte Welt der Kreaturen. Es war ein Getümmel und Gewimmel von Schwänen und Schwalben und Habichten und Lerchen und Raben und Eulen - von allen kleinen und großen Vögeln, die sich in die Luft erhoben. Jeder Vogel schrie seinen Schrei. Und die Tiere rannten und stießen gegeneinander und stampften und scharrten und kratzten und erschütterten die Erde und rissen und wühlten sie auf. Der Himmel war verdunkelt von Flügeln, die Erde war wie rasend von Tieren, sie schwankte und schaukelte und schrie und bewegte sich fort von ihrem alten Platz.

Ich sage dir, Diarmid, mein Herz, es war ein Anblick, die Erinnerung auszustatten und zu erfreuen. Die Sonne lachte mit einem lauten, welterschütternden Lachen, aber die Tiere - mein Gram - hatten keine Augen für sich selbst und die anderen.

Der Widder sprang unter die Würdenträger des Königs. Er war überall. Und der Stier war überall. Der Eber bahnte sich mit den Hauern seinen Weg. Der rote Hirsch tat einen himmelhohen, weltverachtenden Sprung und landete unter den auseinanderstiebenden und übereinanderstürzenden Musikanten. Er war für eine Weile in diesen Tumult verwickelt - dieser Lord der sich verzweigenden Hörner - nicht zu seiner Freude. Und die Musikanten wurden zerstreut und zerschlagen wie Blätter, wenn der Wind seine Kraft an ihnen erprobt. Die Ziege von Cruachan ließ Huf und Horn aufblitzen und sauste davon - hinweg zu den Hügeln - mit ihren gelben Augen und ihrem seltsamen Lächeln und ihren tanzenden Füßen. Der freche Dachs drängte und stieß sich zwischen die Beine des Zeremoniemeisters und ließ ihn zur Erde krachen. Und was die Königliche Katze von Cruachan angeht - die gar kein Recht hatte, dazusein -, sie ging auf den ersten Druiden los, den sie sah, und mit einem Sprung und einem Ruck schwang sie ihn um ihre Schulter und machte sich mit ihm auf nach Cruachan. Es war ein lautes aufgescheuchtes Gewimmel, eine Holterdiepolter-Flucht, ein Davonlaufen und Getriebenwerden, es war ein Wirrwarr von Tieren und Menschen.

Der König sah mehr von der Verwüstung und Verwirrung und Bestürzung und beschämenden Niederlage seiner Leute als von den Vögeln und Tieren, aber er lachte und machte aus der Sache einen Scherz. Und manche Stichelei und mancher Spaß war später zu hören über ‚Keeltya und seine Musikanten', ‚Keeltya und sein Volk', ‚Keeltya und sein Morgengesang an die Sonne'. Aber der König hielt sein Wort und gab Fionn die Freiheit.

Da ist nun die ganze Geschichte für dich, Diarmid, mein Herz. Und ich denke, wenn ich weniger hätte von einem alten Narren und wenn du weniger hättest von einem jungen, wir würden nicht unter diesem Dornbaum sitzen, während der Wind an unseren Waden kneift und zwickt. Wir würden in Aloon sitzen, wo gestickte Gewänder den Wind bescheiden werden lassen."

„Vielleicht wären wir in Aloon, Cunnaun, vielleicht würden wir aber auch durch die Welt streifen auf irgendeiner Jagd, in einem Kriegszug oder auf einer Suche - und ich würde eine gute Geschichte versäumt haben. Möge das Glück mit dem Erzähler sein - und mit dem Dornbaum, der ihn schützte."

# DIE TOCHTER DES KÖNIGS UNTER DEN WELLEN

# Die Tochter des Königs unter den Wellen

## STURM

Fionn, Usheen, Keeltya, Diarmid und Cunnaun gingen in einer Reihe hintereinander und suchten sich ihren Weg durch den Morast, der den Eingang einer geschützten Höhle in Achill bedeckte. Sie waren gekommen, die Schnelligkeit der wilden Ziegen auszuspähen, die auf den steilen Höhen und Hängen der Meeresklippen umherklimmen. Während sie von Büschel zu Büschel sprangen, stieß ein Seeadler aus dem Himmel herab und umkreiste sie so tief und in einer solchen Nähe, daß Cunnaun nach ihm schlug.

„Hasenhund des Ozeans", sagte er, „bleib uns vom Leibe! Wir sind kein Meeresvolk!"

„Es ist nicht gut, einen Herrn der Luft zu schelten", sagte Usheen, und während er noch sprach, ließ sich der Seeadler für einen Augenblick auf Diarmids Schulter nieder. Und dann stieg er auf, in weiten Spiralen, bis er sich am Himmel verlor.

„Ein Zeichen", rief Usheen. „Es sollte dir Glück bringen, Diarmid."

„Glück", murmelte Cunnaun, „Glück hat Diarmid ohnehin zuviel. Guter, harter Sinn - das ist die Gabe, die er nötig hat."

Diarmid lachte, und ein Echo antwortete mit spottender Wiederholung von den Klippen und Meereswogen. Und während es spottete, sammelte die Luft Gewitterwolken, und der Himmel verdunkelte sich, bis sie kaum noch eine Handbreit vor sich etwas erkennen konnten.

„Laßt mich anführen", sagte Cunnaun, „denn ich könnte mit verbundenen Augen das Haus finden, das wir während der letzten Erntezeit in dieser Gebirgsschlucht hier erbauten. Seine starken Steinwände werden uns schützen."

„Führe denn an“, sagte Fionn, „und bringe Schnelligkeit in deine Glieder; denn wir sind verloren, wenn der Wolkenbruch uns in diesem Morast überrascht.“

„Der alte Dachs Cunnaun kann genau so gut rennen wie andere“, sagte Cunnaun. Und er hielt sie gut in Gang, bis sie das Haus erreichten.

Es war ein Haus, fest genug, die Stürme auszuschließen und selbst einem Angriff schildtragender Feinde zu widerstehen. Hastig machte Cunnaun die Befestigungen der schweren Eichentüren auf. Und bald schon stieß er auf der Innenseite den Türbalken in seine Hülse.

„Kein Sturm wird seinen Eintritt über diesen Balken hinweg erzwingen“, sagte Cunnaun, „und wenn wir nun Licht hätten, würde ich sagen, wir wären gar nicht schlecht daran.“

Fionn nahm aus seiner Tunika die zwei heiligen Feuerscheite, die er bei sich trug, und drehte sie, einen um den anderen, während Usheen die Feuerrune sang:

„Goldener Vogel,
Sonnenfalke,
schüttele, Vogel,
aus deinem Gefieder
herab eine Feder,
eine Feder aus Flammen.“

Feuer sprang auf zwischen den Scheiten, und bald loderte das Herdfeuer hell, denn das Haus hatte einen guten Vorrat an Brennholz. Keeltya und Usheen zogen Bänke von den Wänden vor.

„Das wäre eine Nacht, am Feuer zu sitzen und Geschichten zu erzählen“, sagte Keeltya, „wenn die Dämonen der Luft nicht kreischten in diesem Sturm und der Donner unsere Ohren nicht taub machte.“

„Keeltya“, sagte Diarmid, „hast du jemals einen Dämon der Luft gesehen?“

„Ich nicht, aber Cunnaun da könnte dir von ihnen erzählen.“

„Nicht in einer Nacht wie dieser würde ich über Dämonen der Luft sprechen“, sagte Cunnaun.

Und es war wirklich eine seltsame und unheimliche Nacht. Der Regen fiel in Strömen und Fluten und Sturzbächen von Wasser. Die Blitze loderten auf in glühenden Zickzacklinien und Kugeln und Katarakten von Flammen. Der Wind tobte und zerrte an dem Haus, bis es in seinen Fundamenten erbebte.

„Seht!“ rief Diarmid plötzlich, „das Gesicht!“

„Ich habe nichts gesehen“, sagte Fionn.

„Ein Gesicht, heller als der Blitz, schaute zum Fenster hinein“, sagte Diarmid.

„Bleib mit deinen Augen von solchen Dingen“, sagte Cunnaun, „die bringen dir kein Glück!“

Jeder war still und wachsam für eine Weile.

„Hört ihr nicht die Stimme, die da klagt und ruft und um ein Obdach bittet?“ sagte Diarmid.

„Ich sage dir, Diarmid“, knurrte Cunnaun, „diese Dinge wollen dich vernichten. Wickele dir deinen Mantel fest um Gesicht und Haupt und singe und wiederhole dir einen Schlafgesang im stillen!“

Aber Diarmid ging hinüber zur Tür und stand und lauschte. Er hörte eine schwache, zarte Stimme, wie die Stimme eines Kindes, die jämmerlich schrie:

„Laßt mich hinein! Laßt mich hinein! Mir ist so kalt!“

„Es ist ein Kind draußen. Das bittet um Schutz, Fionn“, sagte Diarmid.

„Das kann ich mir nicht denken“, sagte Fionn.

„Hört doch“, rief Diarmid, „es sagt immer und immer wieder: ‚Mir ist so kalt. Meine Kleider sind durch und durch naß vom Regen. Laßt mich hinein.‘“

„Es ist ein Dämon der Luft“, sagte Cunnaun, „oder eine Schlange von dem Schwarzen See in der Nähe hier. Verschließe deine Ohren vor diesem Rufen. Vielleicht ist es ein Drache vom Lande unter dem Meere.“

„Fionn", sagte Diarmid, „es ruft mit einer so zarten Stimme. Du hast mich gelehrt, daß die Fianna niemals einen Schutz verweigern darf. Usheen allein könnte einen Dämon bekämpfen; du könntest zehn überwinden."

„Diarmid", sagte Fionn, „wenn du die Türe öffnen willst, öffne sie. Aber du mußt allein fertig werden mit dem, was auch immer über die Schwelle hereinkommen mag. Erwarte keinen Rat und keine Hilfe von irgendeinem unter uns."

Während er noch sprach, legte er sich auf eine der Bänke an der Wand zum Schlafen nieder. Keeltya und Usheen folgten seinem Beispiel. Cunnaun stand da, und das Haar sträubte sich ihm im Nacken wie bei einem Hunde.

„Ich will die Türe einen Spalt öffnen und hindurchschauen", sagte Diarmid zu sich selbst. Er begann vorsichtig, den schweren eichenen Befestigungsbalken zurückzuschieben, aber ein Windstoß riß die Türe weit auf. Und auf der Schwelle stand die scheußlichste und furchtbarste Hexe, die je die Welt erschreckt hat. Sie war in Lumpen eingehudelt, und Wasser troff in solchen Strömen von ihr herab, daß Diarmid fühlte, wie sich ein See bildete um seine Füße. Kälte - eisig und schrecklich - ging von ihr aus und verbreitete sich im Hause.

„Möge der Schmied mich beschützen", murmelte Cunnaun und stolperte zu der entferntesten Ecke, wickelte den Mantel um seinen Kopf und kauerte dort, stumm und blind für alles, was ferner geschah.

Die Hexe bückte sich im Türeingang und stieß ihren Kopf vor. Und der Regen zischte, und das Gewitter grollte dicht hinter ihr. Diarmid fühlte seine Knie unter sich erbeben, seine Zunge erstarrte ihm im Mund. Aber er reckte sich in seiner vollen Höhe auf und sagte mit einer bebenden Stimme:

„Fionn, der Sohn des Uail, erlaubt mir, dir die Gastfreundschaft dieses Hauses anzubieten. Tritt ein, wenn es Wärme und Obdach ist, was du suchst."

„Das ist es, was ich suche“, sagte die Hexe, und sie überschritt die Schwelle. Ihre Stimme war wie das Rasseln von Ketten in einem Burgverlies. Und als sie in das Haus hineintrat, war sie noch scheußlicher, als sie draußen erschienen war. Die Tür schlug zu, als ob eine Hand sie zugestoßen hätte. Und Diarmid fühlte, daß er irgendeinen Dämon in das Haus hineingebracht hatte. Eine solche Kälte ging von ihr aus, daß es ihm war, als ob sein Herz bis ins Innerste erfriere und zu schlagen aufhöre. Er ging nahe an das lodernde Feuer heran und hielt seine Hände darüber. Aber im Innern bedrängten ihn Worte während der ganzen Zeit, flüsterten ihm zu und stachelten ihn an. „Die Gastfreundschaft des Hauses. Der Schutz der Fianna. Die Gastfreundschaft des Hauses.“ Er wandte sich um zu der Hexe, die da stand in Pfützen und Bächen von Wasser.

„Da es Wärme ist, was du suchst, komm an das Herdfeuer“, sagte er. Die Hexe kam an die lodernde Flamme heran, aber indem sie nähertrat, kam das Wasser mit ihr und verbreitete sich zischend über die glühenden und flammenden Scheite, löschte sie und ließ das Feuer zerstieben und ersterben.

„Das Haus hat dir Schutz geboten“, sagte Diarmid, „aber mehr Wärme vermag es dir nicht zu geben, zu meinem Kummer.“

„Diarmid“, sagte die Hexe, „sieben Jahre lang hat mich niemand mehr willkommen geheißen auf einer Schwelle, niemand hat mir den Schutz eines Daches angeboten, niemand hat mich eingeladen zu der Wärme eines Feuers. Und obgleich das Feuer mich nicht wärmen kann, so könnte ich doch warm werden, wenn du mich neben dir sitzen ließest.“

Die frostige Kälte, die von ihr ausging, ließ Diarmid mit den Zähnen klappern. Aber er sagte: „Komm, setze dich neben mich.“ Sie setzte sich neben ihn, und die Kälte durchfror seine Augenlider, durchfror die Augen bis ins Innerste der Augäpfel, durchfror sein Bewußtsein, bis es ihm entsank und entsank und er wußte, daß er sterben würde. Er ergriff die Bank fest mit seinen Händen und sein Bewußtsein entschwand ihm.

Nach einer Weile fühlte er, daß er lebte. Sein Geist erwachte, und er erwachte mit ihm. Er fühlte sich warm. Er bewegte seine Glieder. Er öffnete seine Augen. Das Herdfeuer loderte, es heulte und brauste hinauf in breiten Flammen und Funken und flackernden Zungen. Der Mond hatte das Haus mit einem weißen Licht überflutet, das sich deutlich von dem Licht der Herdflamme abhob. Wirklich, für einen Augenblick dachte Diarmid, der Mond sei in das Haus hineingekommen und habe die Gestalt eines Sterblichen angenommen - was er, wie weise Leute sagen, von Zeit zu Zeit tut -, denn ein schlankes Mädchen stand neben dem Herdfeuer, weiß wie der Mond, wenn er sichelschlank ist, und völlig unberührt von irgendeiner Farbe der springenden Flammen. Es war eingehüllt in einen Mantel, der Diarmid an eine Meereswelle erinnerte. Und im Mondlicht waren seine Augen grün wie das Meer an einem Morgen im Frühling.

„Diarmid", sagte es, „ich bin die Hexe, die du in diesem Hause willkommen geheißen hast. Sieben Jahre bin ich gequält und gepeinigt worden von Sturm und Gewitter und habe jemanden gesucht, der das für mich tun würde, was du getan hast. Du hast Leid und Sorge und schweren Zauber von mir genommen. Sage mir nun, bevor das Tageslicht die Welt blendet, was wünschest du dir, das für dich getan werden könnte? Und halte nicht zurück damit, das zu erbitten, was dein Herz sich ersehnt, denn ich bin die Tochter des Königs unter den Wellen."

„Als wir die Steine dieses Hauses aufschichteten", sagte Diarmid, „dachte ich, wie schön es sein müßte, ein königliches Haus an jenem Hügelabhang zu erbauen, der aus diesem Tal aufsteigt und aufs Meer hinausschaut. Wäre dieser Wunsch schwer zu erfüllen oder leicht?"

„Er ist leicht zu erfüllen“, sagte das Mädchen. „Wenn die Sonne aufgeht, wird sie die geschnitzten Türbalken und die bronzenen Türen und die glitzernden Dächer deines Hauses sehen. Und da es eine leicht zu erfüllende Bitte ist, will ich dir die Möglichkeit geben, eine zweite auszusprechen.“

„Ich würde dich gern wiedersehen“, sagte Diarmid, „ich wüßte dich gern in dem Haus.“

Das Mädchen schaute Diarmid an, und ein schwaches Lächeln spielte um seinen Mund.

„Diarmid“, sagte es, „nach Jahren wird man von dir erzählen, daß dich viele Frauen geliebt haben. Aber ich will dir jetzt die Wahrheit über dich sagen: Dir wird mehr gelegen sein an einem schnellen Hund oder an einer guten Geschichte bis zum Ende deiner Tage als an irgendeines Königs Tochter in der Welt. Ich werde in dem Haus sein.“

Es wandte sich zur Tür. Die schwang unter einer Berührung seiner Hand weit auf. Und Diarmid sah den purpurnen Nachthimmel, der von Sternen glitzerte. Aber als er die Türe mit einem großen Schritt selbst erreichte, war sie dicht verschlossen und von innen mit einem Balken befestigt. Er machte sie nicht auf. Fionn, Usheen, Keeltya und Cunnaun lagen in tiefem Schlaf. Er wollte sie wecken und ihnen von seinem Abenteuer erzählen, besann sich aber eines Besseren. „Ich will warten bis zum Sonnenaufgang“, sagte er zu sich und streckte sich in seiner vollen Länge auf eine Bank am Ofen aus und schlief bald ebenso tief wie Cunnaun.

Am Morgen weckte ihn Cunnauns kräftige Hand. „Die Hexe!“ murmelte Diarmid, als er seine Augen noch kaum geöffnet hatte.

„Sie ist fort“, sagte Cunnaun, „in einer glücklichen Stunde sei es gesagt. Aber eine schöne Geschichte hast du Fionn zugemutet mit deiner Narrköpfigkeit, von uns anderen gar nicht zu sprechen. Wasserdämonen hereinzubringen und sie am Feuer sitzen zu lassen!“

„Sie ist die Tochter des Königs unter den Wellen“, sagte Diarmid, und erzählte alles, was geschehen war.

„Meiner Treu, Diarmid“, sagte Cunnaun, „du bist noch gut herausgekommen! Und wenn du mir folgtest, würdest du niemals einen Fuß in dieses Haus setzen, wenn es überhaupt da ist.“

„Es ist da“, rief Diarmid, „denn jetzt ist die Sonne aufgegangen. Kommt heraus, kommt heraus und schaut.“

Alle gingen hinaus, und wirklich, auf dem Hang, sichtbar jedem Auge, war ein königliches Haus, eine befestigte Burg. Eine bessere hätte der Hoch-König von Irland sich nicht wünschen können. Diarmid stieß einen Freudenschrei aus und rannte auf das Haus zu.

Cunnaun wandte sich an Fionn. „Da“, sagte er, „geht ein guter Junge, der uns verloren ist.“

„Das weiß ich noch nicht sicher“, sagte Fionn.

„Du kannst dich darauf verlassen“, sagte Cunnaun. „In diesem Hause wird er sein und der Musik lauschen, die ihm die Erinnerung an seine Freunde nehmen wird. Und einschläfernden Wein wird er trinken von Teer-nan-oge.“

„Wer in Irland lebt“, sagte Usheen, „teilt es mit dem Strahlenden Volk, denn in jedem Berg und in jedem See und Fluß hat es seine Wohnungen.“

„Wenn wir ihn nicht aus dieser Verzauberung befreien können“, sagte Cunnaun, „wird er sich nie einen Namen machen in der Schlacht oder alt werden, wie ein Mann es sollte, von seinen Söhnen umgeben. Wir haben nur noch eine Hoffnung. Diese Königin von Unter den Wellen wird ihm irgendeinen Bann auferlegen. Wenn wir ihn dazu bringen können, den Bann zu brechen, wird er wieder der unsere sein.“

„Ich versprach“, sagte Fionn, „ihn aufzuziehen als einen Krieger.“

„Du hast es gesagt“, rief Cunnaun, „du, Fionn, wirst dich nicht zurückhalten bei seiner Rettung.“

„Über die Strahlenden ist eins bekannt“, sagte Keeltya, „es darf nie unfreundlich zu ihnen gesprochen werden, sie dürfen nie getadelt oder beschuldigt werden.“

„Es mag sein“, sagte Cunnaun, „daß wir durch dieses Wissen den Zauberbann von Diarmid nehmen können - und wenn wir den Zauber nicht brechen, wird er sich in kurzer Zeit zu Drachen und Einhörnen unter dem Meere gesellen. Und wir werden ohne Geschichte und Kunde von ihm sein bis zum Ende unserer Tage.

## DER WUNSCHPALAST

Süße Musik ertönte in dem königlichen Hause, als Diarmid sich ihm näherte. Und der Wind, der über es herging, war von Honigduft erfüllt, wie ein Wind, der über blühende, duftende Bäume und über blumenreiche Wiesen gewandert ist. Fröhlich und heiter, wie ein Apfelgarten voller Honigsüße, waren die Edelknaben, die sich um Diarmid drängten und ihn über die Schwelle seines Wunschhauses geleiteten. Es war eingerichtet wie für einen König, die Wände waren behangen mit bestickten Stoffen. Die Böden waren bestreut mit Binsen und süßduftenden Kräutern und Frühlingsknospen. Und im Thronsaal war die Tochter des Königs unter den Wellen. Sie trug ein Gewand von der Farbe einer purpurnen Wasserlilie, es war ganz mit kleinen Sternen durchwirkt. Ihr Haar kräuselte sich und leuchtete wie eine Silberflamme. Und wenn sie schon schön gewesen war in der groben Steinhütte, so war sie noch hundertmal schöner in dem Palast, den sie erbaut hatte.

„Diarmid“, sagte sie, „wenn es irgend etwas gibt, was diesem Hause fehlt, halte nicht damit zurück, es auszusprechen.“

„Ich sehe keinen Hund“, sagte Diarmid.

„Hunde sind da in Fülle", sagte sie, und auf ein Zeichen hin, das sie machte, führte ein Reitknecht ein Paar Hunde hinein, die weißer waren als der Schnee einer Nacht. Sie trugen Halsbänder von weißer Bronze, geschmückt mit grünen und purpurnen Steinen und goldenen Ketten.

„Ich würde meine eigene, scheckige Hündin", sagte Diarmid, „und die drei Jungen, die sie hat, nicht hergeben für alle weißen Hunde der Welt."

„Ich will einen Boten senden", sagte die Tochter des Königs unter den Wellen, Murias genannt, „daß er deine gescheckte Hündin herhier hole."

„Tue es nicht", sagte Diarmid, „denn sie ist so wild und grimmig, daß sie niemanden außer mir an sich herankommen läßt."

„Ich will einen Boten senden in einem unsichtbar machenden Mantel", sagte Murias. Sie klatschte in die Hände, und da kam ein dunkler, schlanker Jüngling zu ihr, der aussah, als sei er ebenso alt wie Diarmid. „Bringe", sagte sie, „die gescheckte Hündin mit den drei Jungen hierher, die der Herr dieses Hauses sich wünscht."

Der Jüngling rückte mit einer Handbewegung an dem Mantel auf seiner Schulter, der von der Farbe des Nachthimmels war - und eben als Diarmid vortrat, zu sprechen, fiel der Mantel ganz um den Boten, und der Jüngling wurde unsichtbar.

„Es ist ein sinnloser Botengang", sagte Diarmid. Aber kaum hatte er die Worte ausgesprochen, als ein freudiges Bellen zu seinen Füßen anhob, und da war die gescheckte Hündin mit ihren drei Jungen. Ein Junges war so schwarz wie eine Nacht ohne Sterne, eins war blutrot, eins war golden wie der Himmel zur Dämmerung. Diarmid las die drei Jungen auf, nahm sie in seinen Arm und trug sie zu der Eingangshalle, wo ein Lager für sie gemacht war und für die Hündin, die ihm auf den Fersen gefolgt war.

Diarmid verbrachte viele Tage in dem königlichen Haus, Gesang auf seinen Lippen und Zufriedenheit im Herzen. Und er hätte wohl ein ganzes Leben dort verbracht, wenn die Gedanken Fionns und Keeltyas und Usheens und Cunnauns ihn nicht hinausgezogen hätten.

„Ich habe den Wunsch, mit Usheen und Cunnaun jagen zu gehen. Ich habe den großen Wunsch, Fionn und Keeltya wiederzusehen", sagte er zu Murias.

„Gehe denn", sagte sie, „und möge das Glück dir blühen, und möge Glück deinen Fußspuren folgen auf deinem Heimwege!"

„Vielleicht", sagte Diarmid, „ist bei meiner Rückkehr dieses Haus nur dünne Luft und auch du bist fort."

„Ich werde nicht fort sein, und dieses Haus wird nicht fort sein, bis du mich dreimal im Zorn getadelt und mir einen Vorwurf gemacht hast. Wenn deine Zunge mir jemals die Hexengestalt nennt, in welcher du mich einst sahst, dann ist die Stunde des Abschieds für uns beide gekommen."

„Ich will dich niemals damit beschimpfen", sagte Diarmid, und er ging fröhlich zum Jagen.

Murias nahm, als er gegangen war, einen Beryllstein und schaute unverwandt hinein, um zu erfahren, was für Männer es seien, die Diarmid von ihr fortzogen. Und sie machte einen Zauber, der Fionn, Usheen und Keeltya und Cunnaun zu ihr bringen sollte, auf daß sie ihre Macht breche. Fionn war es, den sie zuerst heranzog. Und sich über den Söller ihrer sonnigen Kammer lehnend, sah sie ihn in der Nähe des Hauses vorbeigehen.

„Strafe die Schwelle des Hauses nicht mit Verachtung", sagte Murias. „Überschreite sie. Und trinke einen Becher Met auf das Glück von Diarmids Haus."

„Wenn ich die Schwelle überschreite", sagte Fionn, „darf ich nicht mit leeren Händen zurückkehren. Ich muß ein Geschenk aus dem Hause mitnehmen."

„Gut“, sagte Murias, „du sollst dir ein Geschenk auswählen dürfen.“

Fionn überschritt die Schwelle. Und als er alle Wunder dieses Wunderhauses gesehen hatte, goß Murias Met in einen Becher, den sie mit neun starken Bannsprüchen bezaubert hatte, und reichte ihn Fionn.

„Nun“, sagte sie, „trinke auf das Glück von Diarmids Haus.“

Fionn trank den bezauberten Met.

„Wähle dir ein Geschenk“, sagte Murias.

„Ich nehme den schwarzen jungen Hund, der bei Diarmids gescheckter Hündin ist“, sagte Fionn.

Murias gab ihm den schwarzen jungen Hund. Er ging von dem Hause fort. Und ihr Zauber folgte ihm und rang und rang mit ihm, seine Macht zu brechen.

Als Diarmid zurückkehrte, empfing ihn Murias an der Schwelle. Aber die gescheckte Hündin drängte sich zwischen sie und stieß einen lauten, traurigen Schrei aus. Diarmid schaute nach ihren Jungen hinüber und sah, daß der kleine schwarze Hund fort war. Eine Zornesflamme entbrannte in ihm, und er sagte:

„Wenig Wert hat das Haus, und wenig Wert hat die Frau, die meinen kleinen schwarzen Hund nicht zu schützen vermochte, den kleinen Schwarzen, der zu einem großen Hund herangewachsen wäre und einen Hirsch mit schwerem Geweih niedergerissen hätte oder einen langzahnigen, rotäugigen Eber der Wälder. Wehe mir! Der kleine schwarze Hund ist fort.“

Dies war der erste Vorwurf, den Murias von ihm bekam. Und durch ihn erfuhr sie, daß Fionns Zauberkraft stärker war als die ihre.

Am Morgen sagte Diarmid: „Es ist eine große Sehnsucht in mir, Usheen zu hören, wie er die Hunde auf das Wild hetzt. Ich möchte mit meinen Gefährten jagen gehn.“

„Gehe denn“, sagte Murias, „und möge das Glück dir folgen wie ein Schatten und vor deinen Füßen herlaufen bei deiner Rückkehr.“

Als Diarmid gegangen war, sprach Murias zweimal neun Bannsprüche über ihren Wunschbecher. Sie machte einen starken Zauberbann und zog Usheen zu sich. Als sie sich über den Söller ihrer sonnigen Kammer lehnte, sah sie ihn kommen.

„Willkommen! Überschreite die Schwelle!“ sagte sie. „Und trinke einen Becher Hydromel auf das Glück von Diarmids Haus.“

„Wenn ich ihn trinke“, sagte Usheen, „muß ich mir ein Geschenk erbitten dürfen aus dem Hause.“

„Du sollst es bekommen“, sagte Murias.

Er überschritt die Schwelle. Er sah die Reichtümer des Hauses. Er trank den Hydromel, den Murias für ihn ausgegossen hatte, aus dem mit Bannsprüchen bezauberten Becher.

„Mein Geschenk“, sagte er.

Sie zeigte ihm ein leuchtendes Schwert, in dessen Griff der Zahn eines Meerdrachens eingesetzt war. „Dieses Schwert hat Gobniu, der Schmied, gemacht“, sagte sie, „in einem Palaste unter dem Meere. Es bringt einem jeden, der es schwingt, den Sieg.“

„Ich will nicht das Schwert“, sagte Usheen, „ich will nichts anderes als den kleinen roten Hund, der bei Diarmids geschedkter Hündin ist.“

Sie gab ihm den kleinen roten Hund - und wünschte eine Bürde von Schwäche und Unglück auf ihn herab.

Als Diarmid nach Hause zurückkam, ging Murias ihm entgegen, aber die gescheckte Hündin rannte über die Schwelle und stieß dabei zwei laute, traurige Schreie aus. Diarmid sah, daß der kleine rote Hund fort war.

„Ach! Der kleine rote Hund“, sagte er, „der die Fährte wiedergefunden hatte, nachdem die Koppel sie längst verlor, der schnelle, leichtfüßige, der den Wind überholen konnte im Lauf! Meine Verwünschungen über das Haus und die Frau, die ihn nicht zu hüten vermochte.“

Das war der zweite Vorwurf, den Murias bekam. Und ihr Herz war schwer, denn durch ihn erfuhr sie, daß

Usheen eine Zauberkraft hatte, die stärker war als die ihre."

Am anderen Morgen sagte Diarmid: „Ich habe während der ganzen Nacht von Keeltya geträumt. Es gibt niemanden, der so schnellfüßig ist, wie Keeltya. Ich würde gern den Hunden an seiner Seite folgen."

„Gehe denn", sagte Murias, „und mögen Sonne und Wind dich schützen."

Als Diarmid gegangen war, sprach sie alle Bannsprüche, die sie kannte, über ihren Wunschbecher. Sie machte einen starken Zauberbann und zog Keeltya an sich heran. Sie lehnte sich über den Söller ihrer sonnigen Kammer und sah ihn kommen.

„Willst du die Schwelle nicht überschreiten", sagte sie, „und einen Becher Wein aus Moy-Mell trinken auf das Glück von Diarmids Haus?"

„Ich will die Schwelle überschreiten", sagte Keeltya, „wenn ich mir ein Geschenk auswählen darf."

„Du sollst dein Geschenk bekommen", sagte Murias.

Er überschritt die Schwelle. Er ging unter den Reichtümern des Hauses einher. Er nahm den Wunschbecher in seine Hände. Murias goß Wein hinein, der aus den Blumen gemacht war, die auf der Honigebene von Moy-Mell wachsen. Keeltya trank den bezauberten Wein.

„Mein Geschenk", rief er aus.

Sie zeigte ihm einen Ring, der aus dem Silber des Mondes gemacht und mit Steinen geschmückt war, die von den Sternen gefallen waren. „Dieser Ring", sagte sie, „hat Macht über die Reiche der Luft und die Reiche unter dem Meere. Er ist für Bres gemacht worden, der einst König war unter den Göttern!"

„Ich will nur ein bestimmtes Geschenk", sagte Keeltya. „Ich will nichts anderes als den goldenen kleinen Hund, der bei Diarmids gescheckter Hündin ist."

Sie gab ihm den goldenen kleinen Hund - und wünschte Untergang und Vernichtung auf ihn herab.

Bevor Diarmid das Haus erreichte, rannte die gescheckte Hündin heraus und ihm entgegen. Sie stieß drei laute, schmerzvolle Schreie aus und fiel tot hin. Diarmid wußte, daß der letzte kleine Hund fort war.

„Der Pesthauch der Vernichtung", rief er aus, „über das Haus, das ihn nicht schützen konnte, und über die Frau, die mir so die Hilfe dankt, die ich ihr gegeben habe, als sie unter der scheußlichen Gestalt einer Hexe zu mir kam."

Ein Donnerschlag erschütterte Erde und Himmel zugleich. Und als Diarmid zu Atem kam und wieder fest zu stehen vermochte, war kein Haus mehr da - nichts war da außer dem leeren Hang und der toten Hündin und Murias' Wunschbecher, geschmückt mit leuchtenden Steinen und noch naß vom Wein aus Moy-Mell.

Diarmid hob die gescheckte Hündin auf. Er legte sie unter einen alten, windzerzausten Dornbaum und schichtete einen Hügel aus Steinen über ihr auf. Er nahm den Becher in beide Hände und begann zu rennen, auf das Meer zu, das traurig raunte und rauschte am fernen Horizont.

## LAND UNTER DEN WELLEN

Springend - kletternd - rennend in voller Eile - nahm Diarmid, ohne irgendeinen Gedanken, den nächsten Weg zum Meere. Minze und Moormyrte unter seinen Füßen strömten einen scharfen, würzigen Duft aus, der war wie ein Schrei. Das abnehmende Licht brannte mit unerträglicher Grüne auf den Sümpfen des Berges und färbte die blaßroten und karmesinfarbenen Moose mit einem blutigen Rot.

Bald lag der Silberne Strand unter ihm. Seine Augen durchsuchten ihn, während seine Hände sich noch an Felsen und Baumwurzeln klammerten beim Abstieg. Er war leer. Kein später Fischer beunruhigte die erblassenden Wasser. Kein Boot war auf den Strand gezogen.

Planlos, in einer Art von wahnsinniger Hoffnungslosigkeit, schwang er sich hinunter und rannte den Strand entlang über den harten, weißen, welligen Sand. Plötzlich - in der Nähe des Ufers - erspähte er ein Boot, das kaum aus den Wellen herausgezogen war. Ein Coracle war es, gemacht aus Kuhhaut, die über ein Rahmenwerk aus geflochtenen Weidenruten gespannt war. Die Ruder lagen noch so, als ob irgend jemand es in diesem Augenblick auf den Strand gezogen hätte. Diarmid stürzte auf das Boot zu. Er stieß es durch die Strandwellen, bis es frei im Wasser schwamm. Dann stieg er hinein und nahm die Ruder mit Vorsicht und Wachsamkeit, denn ein Coracle kann von einer einzigen Berührung umschlagen. Das Meer war ruhig, und Diarmid ruderte und ruderte dem schwelenden Gold am Horizonte entgegen.

Nach einer kleinen Weile schien es ihm - obwohl er kräftig ruderte -, als ob sein Boot eine Schnelligkeit habe, die keine Ruder ihm geben könnten. Schon verblaßten die wunderlichen, riesigen Felsen von Achill und lösten sich auf in der Ferne. Die Wogen wurden größer und größer. Sie waren berghoch. Auf allen Seiten schlossen ihn ihre herabstürzenden Gipfel ein. Diarmid hatte nie solche Wogen gesehen: einen Augenblick grün wie eine Winterdämmerung, im nächsten Augenblick blau wie eine Enzianblüte der Berge, und wiederum purpurn, gesprenkelt mit Schwarz wie das Bahrtuch, das einen König bedeckt. Diarmid zog die Ruder ein und kniete im Boot, sein Gesicht dem Bug zugewandt. Der Mond erkletterte den Himmel. Die Wogen erblühten unter seiner Berührung in silbernem Feuer. Und immer flog das Boot vorwärts wie ein schnelles, beseeltes, lebendiges Geschöpf. Die jäh hinunterstürzenden Wasserabgründe glitt es unerschrocken hinab. Es bewegte sich durch saugende Wasserhöhlen. Es wand sich zwischen jäh abstürzenden Schluchten seinen Weg. Diarmid kniete verwirrt und benommen. Musik ertönte um ihn herum und bedrängte ihn, bedrängte ihn wie süße, hohe, singende Stimmen. Es schien ihm, als gewahre er ein feines Lächeln auf Gesichtern zwischen wogenzerzausten Strängen von Haar - war es Haar oder Meeres-Unkraut? -, das da schwang in Strähnen und Flechten und Knoten von Gold und Bernstein-Orange und Bronze und Grün. Und immer höher reckten sich die Wogen und verdunkelten die frühen Sterne. Sie wölbten sich über seinem Boot. Sie formten eine regenbogenfarbene Kugel um ihn herum, durchsichtig und dünn. Sie zogen das Boot hinunter und hinunter, auf den Boden des Meeres.

Diarmid fand sich knietief in Blumen, in scharlachroten Lilien, deren Kelchen ein wundersamer Duft entströmte. Ein wolkenloser Himmel, grün wie ein Chrysolith, wölbte sich über ihm. Zwei dichte Reihen von Bäumen mit goldenen Früchten führten zu einem Wald hinüber. Und zwischen den silbernen Zweigen des Waldes sah Diarmid Einhorne vorbeihuschen, die sich bewegten wie silberne Monde. Er wußte, daß er zum Lande unter den Wellen gekommen war. Seine Finger umpreßten den Wunschbecher Murias'. Seine Füße begehrten nach dem unerprobten Pfad. Mutig ging er weiter. Auf seinem Wege wurden die Lilien spärlicher, und feine silberne Gräser nahmen ihren Platz ein.

Als die Lilien gänzlich aufhörten, kam er an den ersten Tropfen Blut. Er war roter als ein Rubin, roter als ein Karfunkel. Seine Augen hafteten an dem Blutstropfen im feinen, silbrigen Gras. Er konnte nicht daran vorübergehen. Er kniete nieder und legte ihn behutsam in den Wunschbecher Murias'.

Dort, wo die zarten, feinen Gräser übergingen in einen Staub von amethystfarbenen Sternen, fand er den zweiten Tropfen Blut. Er war roter als der Samen in einem gespaltenen Granatapfel. Er konnte nicht daran vorübergehen. Er kniete nieder und legte ihn ehrfurchtsvoll in den Wunschbecher der Murias.

Dort, wo Sumpfblumen sich zeigten und das Gras den Binsen Platz machte und hohem Ried, fand er den dritten Blutstropfen. Er war roter als der Mond, wenn er scharlachrot aufgeht. Diarmid konnte nicht daran vorübergehn. Er kniete nieder und legte ihn ehrfurchtsvoll in den Wunschbecher Murias'.

Seewasser schimmerte zwischen dem Ried. Viele Seen schienen dort zu sein. Er suchte sich seinen Weg zwischen den nassen Stellen und kam bald an einen Ort, wo eine riesengroße Frau Binsen schnitt. Mit einem mächtigen, schwirrenden Ton schnitt ihre Sichel die Binsen. Und die Frau band sie in Bündel, unter denen ein Ochse gewankt wäre. Sie arbeitete mit einer wütenden Hast. Und Diarmid stand für eine Weile und sah ihr zu.

„O Weib", sagte er, „ich würde gern eine Frage an dich richten."

„Frage mich nichts", sagte die Frau, „bevor ich nicht genug Binsen gesammelt habe."

„Vielleicht", sagte Diarmid, „könntest du meine Frage beantworten und dabei weiter Binsen schneiden. Ist dieses nicht das Land unter den Wellen?"

„Es ist es", sagte die Frau.

„Hast du Kunde von der Tochter des Königs unter den Wellen?" fragte Diarmid.

Die Frau ließ ihre Sichel fallen und wandte sich ihm ganz zu. Wirklich, sie war riesengroß. Ihr Haar, von einer blassen Strohfarbe, hing wie ein Busch an beiden Seiten ihres Gesichtes herab. Ihre sehnigen Arme hätten einen Baum entwurzeln können.

„Die Tochter des Königs unter den Wellen ist heimgekehrt", sagte sie. „Nachdem sie sieben Jahre in Qual und Einsamkeit umhergewandert ist unter einem Zauberbann, ist sie heimgekehrt. Aber sie findet nur wenig Freude nach dieser Heimkehr - sie, die einst die Flamme der Freude war und das Juwel und die Blume der Schönheit; denn sie ist krank und lebensmüde, und niemand kann sie heilen."

Dann fiel die Frau wieder über ihre Arbeit her und schnitt die Binsen mit immer wütender und wütender werdender Hast.

„Weib ohne Gefühl", rief Diarmid, „ist nicht des Königs Tochter wertvoller als ein paar Binsen? Ich möchte mehr von ihrer Krankheit hören."

„Die Binsen sind für des Königs Tochter", sagte die Frau, „sie hat den Wunsch, auf einem Bett von grünen Binsen zu liegen wie ein Wanderer oder ein Jäger der Berge. Und, junger, fremder Herr, wenn du Geschick hast zu heilen, wende es an und erringe Ehre und Reichtümer, mehr als du dir träumen kannst."

„Bringe mich dorthin, wo die Prinzessin ist", sagte Diarmid, „und laß mich mit ihr sprechen."

„Du forderst etwas", sagte die Frau, „was kein Weib und kein Mann dir gewähren kann. Und es ist gut für dich, daß es niemand hört außer mir, die ich gutherzig bin bis zum Übermaß."

Diarmid nahm den Wunschbecher der Murias aus der Falte seines Mantels.

„Kennst du diesen Becher?" fragte er.

„Dieser Becher gehört der Tochter des Königs unter den Wellen", sagte die Frau. „Wo bekamst du ihn?"

„Dort, wo ich mehr als ein oder zwei Worte mit des Königs Tochter wechselte", sagte Diarmid, „sage mir, wie ich zu ihr gelangen und mit ihr sprechen kann."

„Es gibt nur einen Weg", sagte die Frau. „Ich will dich mitten in ein Binsenbündel stecken, das ich auf meinem Rücken trage. Und wenn ich in den Raum der Königstochter komme, will ich das Bündel niedersetzen. Dann ist es an dir, hervorzukommen und mit der Prinzessin zu sprechen."

Es wurde Diarmid in seinem Stolze schwer, das Angebot der Frau anzunehmen. Aber er bereute seine Rauheit gegenüber Murias von ganzem Herzen und begehrte, sie wiederzusehen.

„Es soll sein, wie du willst“, sagte er, „damit ich zu der Prinzessin gelange.“

„Was hast du hier?“ fragten die Palastwächter.

„Binsen für die Prinzessin“, sagte die Frau, „und den Ring der Prinzessin, der mich hineinlassen soll.“

„Gehe denn hinein“, sagten die Wächter.

Als die Frau in den Raum der Königstochter gekommen war, setzte sie das Binsenbündel nieder und sagte:

„Grüne Binsen wogten im Wind,
grüne Binsen schnitt ich geschwind.
Möge Heilung sein im Bündel, das ich bringe.“

Murias richtete sich auf, die Binsen anzuschauen, und sie sah Diarmid aus ihrer Grüne aufsteigen.

„O Diarmid“, sagte sie, „wenn du kein Traum bist, komme her zu mir und lege deine Hände in die meinen.“

„Ich bin kein Traum“, sagte Diarmid, und er ging zu ihr hinüber und legte seine Hände auf die ihren.

„O Diarmid“, sagte sie, „du bist gekommen - und ich liege im Sterben.“

„Ich bin gekommen“, sagte er, „den Rest des Zauberbannes und die Krankheit von dir zu nehmen.“

„Das schwere Leid meiner Krankheit ist von mir genommen bei deinem Anblick“, sagte sie. „Aber die Krankheit selbst kannst du nicht heilen. Denn jedesmal, wenn ich an dich dachte, Diarmid, auf meinem Wege hierher, verlor ich einen Tropfen meines Herzblutes. Und dieser Verlust bringt mir den Tod.“

„Ich habe die drei Tropfen, die du verloren hast“, rief Diarmid, „nimm sie in einem Heiltrank und genese von deiner Krankheit!“

„Wehe“, sagte die Prinzessin, „so leicht ist die Heilung nicht. Ich muß den Trank, der mich heilt, aus jenem Becher trinken, der in der Ebene des Wunders zu finden ist, in jener Ebene, die unter Menschen ‚Magh an Ionganaidh‘ genannt wird.“

„Ich will den Becher holen“, sagte Diarmid, „wenn es in der Macht eines Menschen steht, ihn zu erringen.“

„Das Glück hat dir bis jetzt geblüht, Diarmid“, sagte die Prinzessin, „aber den Becher wirst du nicht bekommen. Niemand wird ihn erlangen. Manche Helden haben sich in Abenteuer gewagt um seinetwillen, und seltsame, fremdartige Tiere haben ihre Knochen zernagt. Selbst wenn du die Kraft hättest, den Becher zu erlangen, so wäre er doch ohne Wirksamkeit, wenn nicht der König der Wunderebene ihn dir selbst gegeben hätte mit seinem Segen und Wohlwollen.“

„Wie kann man sagen“, erwiderte Diarmid, „wann das Glück dahinwelkt. Ich will nicht ablassen von diesem Abenteuer oder weniger Mut zeigen als jene anderen. Die Ehre lebt weiter, wenn der Mensch tot ist. Gib mir Kunde von der Wunderebene und wie man dorthin gelangen kann.“

„Nichts als ein Fluß trennt die Wunderebene von meines Vaters Land. Der Wind bringt den Duft dieses Landes zu uns herüber, und seine Musik. Aber du würdest auf diesem Fluße segeln - obwohl er schmal erscheint und scheinbar leicht zu überqueren ist - für die Länge eines Jahres und eines Tages vielleicht - vielleicht, bis deine braunen Locken ergrauen und das Alter die Kraft in dir verdorren läßt.“

„Ich will mein Glück versuchen“, sagte Diarmid.

Er machte sich auf zu der Wunderebene. Der Fluß erschien etwas breiter, als der Boyne-Fluß ist, dort, wo seine silbernen Wasser an jenem Erdwall vorbeifließen, der nach dem Weib des Götterschmiedes benannt ist. Seine Farbe war ein blasses, kaltes Blau, wie es Ströme haben, die von eisbedeckten Bergen kommen.

„Vielleicht“, dachte Diarmid, „kann ich schwimmen.“ Aber dann erinnerte er sich dessen, was Murias gesagt hatte, und suchte vorsichtshalber nach einem Boot oder nach irgend etwas, woraus er ein Boot hätte anfertigen können. In der Unruhe und Hast seiner Suche gewahrte er einen Mann, der bis zu den Hüften in der Mitte des Flusses stand. Rote Haut und rotes Haar hatte der Mann, und eine rote Tunika hatte er umgehangen. Riesengroß und mehr als riesengroß war er. Und seine Augen leuchteten wie Kerzenflammen.

„Diarmid, Braunlockiger", rief er, „du hast es nicht leicht. Setze deinen Fuß auf meine Handfläche, und ich will dich hinübertragen."

Diarmid setzte seinen Fuß auf des Roten Mannes Handfläche, und der Rote Mann brachte ihn mit einem Schritt hinüber.

„Bei deiner Hilfsbereitschaft", sagte Diarmid, als er die Wunderebene betrat, „sage mir, woher ist mein Name dir bekannt, und warum hast du mir geholfen?"

„Du hast anderen geholfen", sagte der Rote Mann. „Erinnerst du dich eines Tages, an welchem die Boyne tobte und raste und über die Furt getreten war und du kamst, einen Weg durch das Wasser zu suchen? Am Ufer stand ein alter, zitternder Wanderer, der es nicht wagte, die Flut zu durchschreiten. Du brachtest ihn hinüber auf deinen Schultern. Und er sagte: ‚Ich schwöre beim Roten Lauscher, daß ich mich der heutigen Überquerung des Flusses erinnern werde, wenn die Götter mir jemals Gelegenheit geben, dir zu helfen, in dieser Welt oder in einer andern.' Ich bin der Rote Lauscher, und der zitternde Wanderer war der König der Wunderebene. Einmal im Jahr muß er sein Königreich verlassen und durch die Welt wandern unter der Gestalt eines von Gott vergessenen Wanderers, der in jeder Weise der Hilfe bedarf. Es ist mir bekannt, warum du zu der Wunderebene kommst. Du suchst des Königs Becher. Suche den König auf zu einem Gespräch und sage: ‚Der Rote Lauscher erinnert sich des Eides.' Er wird dir gewähren, eine Bitte an ihn zu richten. Dann ist es an dir, den Becher zu erbitten."

„Mein Dank und Segen mit dir", sagte Diarmid, und er ging weiter. Er brauchte nicht nach dem Wege zu fragen, denn der Palast glitzerte wie die Sonne, wie der Mond und alle Sterne und verbreitete seine Helligkeit in weite Fernen. Diarmid wartete an den Stufen des Palastes bis zu einer Zeit, da der König zurückkehrte mit vielen Edlen, die auf weißen Rossen ritten. Als der König vom Pferde stieg, näherte sich Diarmid wie einer, der etwas von einem König erbetteln will.

„Was willst du?" sagte der König.

„O König", sagte Diarmid, „ich möchte dir sagen: Der Rote Lauscher erinnert sich des Eides."

„Auch ich erinnere mich", sagte der König, „obwohl ich kaum erwartet hatte, Diarmid, den Braunlockigen, bettelnd an meiner Pforte zu sehen. Komme nun herein, denn es ist Freude da drinnen."

„O König", sagte Diarmid, „laß mich eine Bitte an dich richten, denn ein Sterbender wartet auf meine Rückkehr."

„Was erbittest du?" sagte der König.

„Ich erbitte den Becher der Wunderebene."

„Es ist nicht eine kleine Bitte, die dich hierher gebracht hat", sagte der König, „aber ich will dir den Becher geben. Und der Grund deiner Bitte ist mir auch bekannt." Er rief nach seinem obersten Mundschenken und sagte: „Der Becher soll mir gebracht werden."

Der Becher war aus einem einzigen, großen Saphir und so kunstvoll gearbeitet, daß er blitzte von blauen und silbernen Flammensternen. Der König nahm ihn in seine Hände:

„Ich gebe ihn", sagte er, „mit meinem Wohlwollen und Segen. Wenn der Heiltrank aus ihm getrunken worden ist, wird der Becher zu mir zurückkehren. Alle Helden der Welt vermöchten ihn nicht zu halten, so gut weiß er seinen Weg zurück."

Diarmid nahm den Becher mit Ehrfurcht, machte eine Verbeugung vor dem König und wandte seine Schritte wieder dem Flusse zu. In der Mitte des Flusses stand der Rote Mann.

„Ich riet dir gut", sagte er, „denn du hast den Becher."

„Du rietest mir gut", sagte Diarmid.

„Setze deinen Fuß auf meine Handfläche", sagte der Rote Mann, „und ich will dich hinübertragen."

Diarmid setzte seinen Fuß auf des Roten Mannes Hand. Der Rote Mann brachte ihn mit einem Schritt hinüber.

„Du hast den Becher", sagte der Rote Mann, „aber wenn du ihn nicht mit Wasser aus dem Verborgenen Quell füllst, wird der Trank nicht wirksam werden können."

„Da du mir zu dem Becher verholfen hast", sagte Diarmid, „bitte ich dich, bei deiner Güte, gib mir Kunde von dem Quell."

„Ich könnte dir Kunde geben von dem Quell", sagte der Rote Mann, „aber das würde dir wenig helfen. Besser wird es sein, wenn ich den Becher für dich fülle."

Der Quell war nur ein Schimmer von Wasser, verborgen zwischen Ried.

„Fülle den Becher", sagte der Rote Mann zu Diarmid. Diarmid kniete nieder, den Becher einzutauchen. Aber da er es versuchte, zog sich das Wasser vor ihm zurück. Hinunter - und hinunter - und hinunter zog es sich, da er es zu erreichen suchte, bis es auf dem Boden eines tiefen Abgrundes war.

„Gib mir den Becher", sagte der Rote Mann. Er neigte sich über den Rand, den Becher einzutauchen, und das Wasser stieg und füllte ihn.

„Hüte sorgfältig das Wasser in diesem Becher", sagte der Rote Mann; „denn es ist der Heiltrank. Gib den Blutstropfen hinein, der roter ist als ein Rubin. Aber wenn du ihn hineingibst, wirst du deine Liebe für die

Prinzessin vergessen. Gib den Blutstropfen hinein, der roter ist als der Same eines Granatapfels. Aber wenn du ihn hineingibst, wirst du deine Suche in der Wunderebene vergessen. Gib den Blutstropfen hinein, der roter ist als der neuaufgegangene, scharlachrote Mond. Aber wenn du ihn hineingibst, wird dein Herz schwer sein von Kummer bis zu einer Zeit, da du wieder in dein eigenes Land kommst - und ob diese Rückkehr früh oder spät sein wird, das ist etwas, was ich dir nicht sagen kann. "

„Roter Lauscher", sagte Diarmid, „die Erinnerung muß mich bald verlassen. Aber irgendwo in meinem Herzen, zu tief, ihm nachzuforschen, wird ein Gedanke an dich versteckt liegen. Mein Segen sei mit dir in der Jugend des Jahres und in seinem Alter, beim Mondenlicht, beim Sonnenlicht, beim Sternenlicht und im dunklen und silbernen Licht der Dämmerung."

„Mein Segen sei mit dir", sagte der Rote Mann, und sie schieden.

## DER HEILENDE TRANK

Unter Trompetengeschmetter und Gesang und dem Donner von Pferdehufen wurde Diarmid zum Palaste des „Königs unter den Wellen" gebracht.

Umgeben von den Edlen und Prinzen des Landes trank Murias den Heiltrank aus dem Becher von der Wunderebene. Freude kam zu ihr zurück und Lachen und das Licht unsterblicher Jugend. Freude und Schönheit vervielfältigten sich unter dem Volk und über das Land unter den Wogen. Aber mit Diarmid geschah, was der Rote Lauscher vorhergesagt hatte. Sein Herz war schwer. Vergessen lastete auf seinem Geiste. In jeder lachenden Stimme hörte er die Hügel Irlands rufen. Die Schönheit Murias' war nur ein blasses, getrübtes Spiegelbild der schmerzenden Schönheit Irlands - Flamme, Sternenlicht und Schweigen war die Schönheit Irlands in ihm - unauslöschlich und verzehrend.

Murias bemühte sich, Diarmids Herz zu erleichtern. Aber was sie auch tat, sein Kummer wurde schwerer und schwerer. Zuletzt sagte sie:

„Dein ganzes Herz bis in die verborgensten Winkel verzehrt sich in der Sehnsucht nach dem grünen Gras Irlands und den Gesichtern deiner Gefährten. Wohin das Herz geht, dahin müssen die Füße folgen. Ich lasse dich nach Irland zurückgehen. Du wirst nicht an mich denken beim Wechsel des Lichtes oder irgend etwas von meiner Schönheit entdecken in den Farben der Blätter. Aber für mich wirst du sein ein Gesang im Rauschen des Meeres, ein froher Ruf in der Morgendämmerung. Lebe wohl nun und bewahre mir ein freundliches Vergessen."

Sie nahm ihren Mantel, der so blau war wie eine Meereswoge, und legte ihn um Diarmids Schultern. Und der Mantel verwandelte sich in Finsternis und wurde zu einem rauschenden, mächtigen Wind. Der mächtige Wind hob Diarmid empor mit stürmischer Kraft und Freudigkeit - eine Kraft, ein Aufruhr, eine Freudigkeit, die Teile seines eigenen Wesens zu sein schienen. Wirbelnd mit diesem Wind, tanzend mit ihm, frohlockend aufwärtsspringend, jauchzend mit seinem machtvollen Jauchzen verlor sich Diarmid für einen langen, herrlichen, prächtigen Augenblick - der ein Jahr oder eine Ewigkeit gedauert haben mochte -, im nächsten Augenblick stand er auf der Achill-Insel, auf dem niedrigen, schmalen Felsendamm, zwischen dem See, der genannt ist Lough-na-Keerogue, und dem Meere. Das war ein Platz, den er gut kannte: Die Forellen vom Lough-na-Keerogue waren gut, auf den Hügelhängen konnte man einen Hirsch aufjagen. Der würzige Duft des Torfes und des moorigen Landes, der scharfe Ruch des Meeres, das Sonnenlicht auf den spitzen Bergen, die so jäh aufstiegen - das waren Dinge, die ihm vertraut waren. Seine Augen erfreuten sich an ihnen. Er beobachtete den Zweig einer Eberesche, rot von Beeren, der hin und her schwankte. Er sah den See liegen wie einen silbernen Schild, am Rande geschmückt mit Smaragd. Das Meer war wie ein ungebrochener Saphir. Er wunderte sich über die Seltsamkeit des Mantels, den er trug.

„Was habe ich zu tun mit dem Mantel einer Meerkönigin?" sagte er. Und er schleuderte ihn von sich und sah ihn glitzern auf der glitzernden Meeresoberfläche. Das Meer zog den Mantel in sich hinein - hinunter - und hinunter - und hinunter zum Lande unter den Wellen.

Diarmid formte die Hände vor seinem Mund und ließ den langen, frohen Gefährtenruf eines Mannes der Fianna ertönen.

# DIE NÜSSE DER WEISHEIT

# Die Nüsse der Weisheit

Fionn, der Sohn des Uail, Sohn des Bassna, Sohn des Trenmor, saß bei dem Schatten-Berg-See, einen Steinwurf weit entfernt vom Heiligen Berg Slievenamon. Es war Sowan-Abend, kalt und still. Ein oder zwei wagemutige Sterne schauten durch die Dämmerung. Die Ebene war leer. Fionns Gedanken schweiften dort nicht umher, wie sie es zuweilen zu tun pflegten bei wohlbekannten Dingen, mit denen Erinnerungen verbunden waren. Er beachtete die Sterne nicht. Er hatte Sinne, Seele und Geist auf den Schatten-Berg-See gerichtet. Denn dort, auf den dunklen Wassern - zu irgendeiner Stunde, in irgendeinem Augenblick der Nacht - würde der Schatten der Göttin Sive schimmern wie eine Flamme. Heute nacht würde die Göttin Sive vom Slievenamon hinuntersteigen. Unsichtbar würde sie hinuntersteigen, auf unbekannten Pfaden. Unsichtbar würde sie die Ebene durchqueren, sie würde die grüne Erde überqueren, und am Rande der Welt würde sie die Vorhänge des Himmels aufheben und sie still hinter sich fallen lassen. Denn heute nacht würde sie zum Brunnen der Weisheit gehen, dem Brunnen der Haselnußbäume, im Lande der Ewigen Jugend.

Heute nacht würde der Brunnen der Weisheit, der Quell der Jugend, bewegt werden von den prächtigen, glänzenden Flossen des Salmes der Weisheit. Mächtig würde der Salm heute nacht seine Flossen schwingen, und der Brunnen würde sich erheben in hohen Wellen, karmesinrot und purpurn - in neun karmesinroten und purpurnen Wogen - und überfließen in fünf Strömen, welche die Sterne und das Leben der Menschen nähren und erhalten. Sive würde Wasser nehmen von dem Brunnen. Sie würde umkehren und auf diesem Wege vorübergehen, das wußte Fionn, zum Slievenamon - ungesehen, und dennoch würde ihr Schatten, eine flackernde

Helle, auf den Bergsee, ganz in seiner Nähe, fallen. Und wenn er in diesem Augenblick ihren Namen rief, würde sie ihren Schritt anhalten, sie würde ihm einen Trunk von dem Wasser geben. Wenn das Wasser seine Lippen befeuchtete, würde er die Geheimnisse der Erde wissen und die Geheimnisse der Reiche unter der Erde. Er würde die Sprache der Vögel verstehen und die Sprache der Tiere - ein Wissen, das einem Helden und dem Führer eines großen Clans gemäß ist.

Wenn er nur zu wachen vermochte, bis die Sonne am Horizont emporsteigen würde! Neun Tage lang hatte er gefastet, sich vorzubereiten. Er wünschte jetzt, noch länger gefastet zu haben - Hunger hilft dem Menschen zu wachen. Er wünschte, einen Gefährten bei sich zu haben, mit dem er hätte sprechen können. Aber in diesem Abenteuer mußte er allein sein. Er dachte an den Brunnen der Weisheit. Heute nacht würden die Heiligen Haselnußbäume, die sich über den Brunnen neigten, ihre Früchte auf seine Wasser fallen lassen. Und die kleinen, krausen Wellen, die sie dadurch hervorriefen, purpurn und scharlachrot, würden sich ausbreiten und funkeln und blitzen und dort verschwinden, wo jene fünf Ströme herausflossen, welche die Welt erfrischten. Und von den fallenden Nüssen aufgeweckt, würde sich aus den Tiefen des Brunnens Fintan, der Salm der Weisheit, erheben und sich zeigen. Jede seiner Schuppen würde glitzern und glänzen wie ein Edelstein. Sive würde in die Tiefen des Brunnens hineinschauen. Sie würde die Antlitze von Göttern sehen - stolze, unerschütterliche Antlitze - unten, tief unten, und sich verwirrende Sterne, und schwarze, unergründliche Nacht. Sie würde einen goldenen Krug eintauchen und einen Trunk des Brunnenwassers heraufholen - süß und bitter. Sie würde ihn auf die Schulter emporheben und ihre Schritte wieder zum Slievenamon lenken! Heute nacht würde sie einen Weisheitstrank ausgießen für die Götter der Dana - für die De-Danaans, die das Alter nicht welken lassen kann.

Die schönen De-Danaans mit dem feinen, wissenden Lächeln, die Reiter auf weißen Pferden: Auf ihren Häuptern haben sie dichtlockiges, goldenes Haar, ihre Augen sind blau wie Eis, gute Kämpfer sind sie und Schlachtenlenker. Er, Fionn, war ihnen verwandt. Er hatte Feste gefeiert mit ihnen, nein mehr - hatte gerungen und gekämpft mit ihnen. Was für eine Nacht war das gewesen, in der er Allyn, den Sohn des Midna, erschlagen und die Lordschaft seines Vaters zurückgewonnen hatte, während Erde und Himmel zusammengeflammt waren! Was für ein Tag war das gewesen, da sie sich um ihn gedrängt hatten, die Krieger, jung und ungestüm, seinen Namen rufend - die Helden, kampferprobt, ihn preisend - Fionn den Kämpfer, Fionn den Herrscher über Clan Morna!

Was für eine Freude es war, das Schwert zu führen! Ein Mann wurde nie des Kampfes müde. Und am Ende brachte das Schwert ihm einen Tod in der Schlacht, wo er noch im Sterben die Kriegsrufe hören konnte, und danach brachte es die Trauergesänge für einen Krieger und ein stolzes Begräbnis. Alter kann dem Schwert nichts anhaben.

Es war ein häßliches, hinkendes, übles, zahnloses Ding - das Alter. Es gab niemanden, der nicht wünschte, es nicht zu kennen - so wie die De-Danaans es nicht kannten, deren Finger nicht steif werden konnten am Schwertgriff.

Es war Sowan-Zeit - die Nacht des Lachens der Götter - heute nacht. Ihre Paläste flammten heute nacht auf den Gipfeln und windigen Höhenzügen der Erde und auf den großen, breitausgedehnten Ebenen - weit geöffnet. Heute nacht konnte ein Sterblicher sie betreten und konnte aus Fässern voller Met und Hydromel den gern gegebenen, goldenperlenden, berauschenden Trank der Unsterblichen trinken.

Fionns Herz schlug höher bei diesem Gedanken - und aus den raumlosen Bereichen fegte ein Wind hernieder durch die leeren Räume der Nacht. Er schlug donnernd auf die Erde, er zerriß die Vliese des Himmels. Und durch ihn hindurch hörte Fionn die schwache, süße, silbrige Musik und die singenden Stimmen des Faeryvolkes:

„Vergiß den Herd!
Vergiß das Haus!
Das Spinnrad lasse stehn!
Den Rocken laß!
Stiehl dich hinaus!
Die Nacht wird bald vergehn!

Komm, stiehl dich zu uns. Unser Haar läßt im Wehen
das Licht in den Sternen, im Monde entstehen,
das Licht in der Sonne. Die Stürme sind Hunde,
sie jagen mit unseren Rossen im Bunde.
Sieh unsere Rosse! Die Wolken sind Mähnen.
Sieh nur, wie die Abgründe klaffen und gähnen
beim luftigen Ritt. Und es kümmert sie nicht.
Komm, reite mit uns in das freundliche Licht.
Komm, stürze und steige! Und fürchte dich nicht!“

Die Faeryscharen - prachtvoll geschmückt in jeder Farbe der Schönheit -, die Reiter des Himmels, ritten vorüber. Sie riefen ihm zu.

„Geht eures Wegen, stolze Herren der Luft“, rief Fionn, „leichter als der Wind auf euren hellnackigen Pferden! Wenn ihr weise seid, werdet ihr mich beneiden in dieser Nacht.“

Er schlug seine Hände zusammen, sie zu wärmen, und richtete seine Augen unverwandt auf den Bergsee. Irgendwo in der Ferne erhob sich das Geheul eines Wolfes. Ein Wolf antwortete. Die Nacht wurde kälter. Langsam drehte sich das Himmelsrad der Sterne und maß die Stunden. Fionn konnte nur vermuten, wie es sich drehte, denn er wagte nicht, seine Augen abzuwenden von dem Bergsee, um nicht den Augenblick zu verpassen, jenen kleinsten Augenblick, da Sives Schatten dort flammen und flackern würde - der Schatten der unsichtbaren Göttin, der eine Flamme war -, er konnte nicht auf das sich drehende Sternenrad achten. Langsam gingen die Stunden vorüber. Fionn tauchte seine Finger in das Wasser zwischen dem Ried und berührte damit seine Stirn - in diesem Augenblick leuchtete das Wasser auf.

„SADB“, rief er aus.

Die silberne Flamme stand zwischen dem Ried auf dem Bergsee.

Nahe dem jenseitigen Ufer stand sie. Ihre Schönheit war schrecklich. Ihre Schönheit war wie ein Schwert, das sich in sein Herz bohrte. Ihre Schönheit war wie eine Flamme, die ihn vernichtete. Keine Kraft war mehr in ihm. Das Mark war vertrocknet in seinen Knochen.

Und sie stand da, und hinter ihr wurde das Weltall sichtbar, mit den gekrönten Göttern der Dana, Reihe an Reihe - und er konnte sein Haupt nicht erheben, konnte kein Augenlid aufheben.

„Was ist dein Wille?“ fragte sie.

Es war eine Stimme, so schwach und süß und zart, daß es Fionn erschien, als spräche sie in ihm selbst.

Fionn wußte, daß jeder Berg in Irland voller Erwartung war, seine Antwort zu hören. Er hätte gern gerufen: „Dich zu sehen, dich zu sehen - nur einmal - nur einmal!“ Aber seine Zunge gehorchte ihm nicht. Und das Schwert ihrer Schönheit bohrte sich tiefer und tiefer in sein Herz. Er stöhnte wie ein verwundetes Tier. Er streckte bebend seine Arme aus und fiel auf sein Angesicht nieder.

Sein Körper sank ermattet zusammen.

Wie leicht, wie unbeschwert er sich nun, da er tot war, bewegte! Er hatte nicht gewußt, daß es eine solche Leichte gab. Welch eine Grüne - wie von einem Smaragd ausgehend - um ihn war! Eine seltsame, durchscheinende Grüne, die seinem Leib wohltat - eine endlose, klare, sanft gleitende, durchscheinende Grüne. Er bewegte sich ohne Anstrengung, aufrecht und sicher, in dieser Grüne.

Sie umwob ihn lebendig und innig und gab jedem Wunsche nach. Die leeren Räume dieser Welt gehörten zu ihm. Kein Mond ließ sie erstarren. Keine Sonnenhitze brannte hier, kein sprühender Stern. Und unermeßlich wie die durchsichtige Weite, durch welche er sich bewegte, war sein Leib. Diese Grenzenlosigkeit war ihm fremd. Die Fremdartigkeit erfreute ihn. Das Gefühl von den geheimnisvollen Tiefen, die unter ihm waren, erfüllte ihn mit Freude. Freude durchpulste ihn. Er schwamm in seiner Welt. Er durchmaß sie mit schnellen Schlägen. Er schwamm kraftvoll und stark. Es war eine Welt von Wassern - strudelnd und wirbelnd, smaragdblaß und in allen Regenbogenfarben aufleuchtend. Wie ihre Wellen ihn umspielten, während er schwamm! Wie sie strudelten, tanzten und aufblühten zu Schaum! Welch ein Leben, welch eine lange, langsame, hohe Welle von Freude ging durch sie hindurch, ihn erhebend und berauschend.

Er schwamm im Brunnen der Heiligen Haselnüsse! Er selbst war der scharlachrotgefleckte Salm der Weisheit.

Und die Nüsse vom Heiligen Haselnußbaum fielen auf die Wasser.

Sie waren wie seltsame Früchte mit goldener Schale und rubinrotem Kern und strömten einen wundersamen Duft aus. Und als sie niederfielen, färbte sich das Kreise ziehende Wasser karmesinrot. Eine Welle des Entzückens bewegte sich hindurch. Und überall ertönten Myriaden von freudigen Stimmen:

„Frohlocke!
Frohlocke!
Die Sterne blühen.
Weisheit ist geboren.
Frohlocke!“

Fionn frohlockte. Er war der Gott der Wasser. Schönheit blühte auf in ihm. Weisheit entfaltete und enthüllte sich. Mit jeder hohen Welle, mit jedem Puls, mit jedem Herzschlag frohlockte Fionn.

Und immer noch fielen die Früchte des Haselnußbaumes auf die Wasser.

Wie Sterne fielen sie, wie glitzernde Sternbilder, wie flammende Sonnen. Und immer noch riefen die Stimmen:

„Frohlocke!
Frohlocke!
Frohlocke!"

Aber mit Fionn hatte sich etwas geändert. Die Pracht überwältigte ihn, das Entzücken bedrückte ihn und schlug seine Freude nieder, wie schwerer Regen den blühenden Zweig niederschlägt, wie der reißende Strom den Schwimmer überwältigt. Die Stimmen, die den innersten Ruf seines Herzens gerufen hatten, waren ihm jetzt fremd. Er mußte ihnen entkommen oder sterben. Wenn er sich verbergen konnte in den Tiefen, wenn er Schutz finden konnte in der Dunkelheit, wenn er ein Wasserunkraut sein konnte in einer vergessenen Felsenspalte, so mochte er weiterleben - Fionn, der soviel wußte, der soviel gewagt hatte.

Er hatte nur einen Augenblick, in dem er wählen konnte. In voller Wachheit traf er seine Wahl. Er sammelte seine ganze Kraft und stieß seinen prächtigen Leib hinauf in den Salmsprung. In den flammenden Äther hinein sprang er, in das unerträgliche Entzücken hinein. Er schoß dahin mit schwingenden Flossen und heftig schlagendem Schwanz. Tausend Farben blitzten auf und vergingen auf seinen Schuppen. Er schwang sich - ein prachtvoller Glanz - in den prachtvollen Glanz der Sonnen hinein.

„Frohlocke!" rief er aus, als er sich überschlug, „frohlocke, frohlocke!"

Die Strahlenkraft verwundete ihn in jeder Pore. Er keuchte und würgte im Todeskampf. Er glitt endlos durch den Raum, Faden nach Faden, Meile nach Meile - bis der Abgrund ihn verschlang.

Die Sonne war noch nicht über den Horizont gestiegen. Die Welt war silberblaß. Ein leichter Frost lag auf den Gräsern. Ein leichter Schnee hatte den Gipfel des Slievenamon geschmückt. Überall war Stille und Kälte. Fionn bewegte sich schwer. Er preßte eine Hand zusammen und löste sie wieder. Er erhob sein Haupt. Er sammelte seine Kraft und richtete sich langsam auf. Der Schatten-Berg-See war wie ein Spiegel von weißglänzendem Metall. Der bewegungslose Eschenbaum an seinem Ufer war geschmückt mit Kristallen in jedem Zweig. Kahl stand er gegen den violetten Himmel. Tief unten glühte schwach ein einsamer Stern, wie eine vergessene Fackel.

Fionn rieb seine Waden.

„Goll würde lachen, wenn er mich sähe“, sagte er. „Fionn, der sich selbst betrog mit einem Traum - wie ein verhungernder, schlechter Bettelprophet.“

„Ha - ha - ha!“ lachte ein Vogel im Eschenbaum. „Morgenweisheit, gleich dem Kopfschmerz nach dem Fest.“

„Was bist denn du?“ fragte Fionn.

„Ich bin ein Bild der Sonne“, rief der Vogel und breitete stolz die großen Schwingen eines Geierfalken aus.

Fionn sprang auf seine Füße. Kraft erfüllte ihn. Leben tanzte und sang in ihm. Sein Herz schlug mit dem mächtigen Pulsschlag der Erde. Er fühlte die hohe Welle des Heiligen Brunnens. Er erinnerte sich der schrecklichen Schönheit Sives. Er hörte die Steine flüstern. Er hörte den dünnen, schneidenden Gesang des Frostes. Und er hörte den Ruf der Sonne, die heraufstieg wie ein Heer mit Bannerträgern.

„Was bin ich - was bin ich denn?“ sagte er, halb zu sich selbst.

„Ha - ha - ha!“ lachte das reifbedeckte Gras. „Hier kommt einer, der vom Brunnen der Weisheit getrunken hat. Was sind wir? Was sind die Sterne? Was ist die Sonne? Nenne ein neues Rätsel - nur eins noch!“

# DREIHUNDERT JAHRE SPÄTER

## Dreihundert Jahre später

Benediktus, der Pförtner, streute frische Binsen in seine kleine, aus Zweigen und Ruten geflochtene Zelle und schaute dabei immer wieder hinaus, ob etwa Besucher sich dem Kloster nahten. Patrick, der Sohn des Calpurn, der das Christentum im Lande entfacht hatte, das sich ausbreitete wie ein Feuer im Sturm, Patrick, der Wunderwirkende, lebte in einer der Zellen aus geflochtenen Zweigen und Ruten. Große Lords, Häuptlinge und Anführer, kamen zu allen Stunden des Tages und suchten mit Patrick zu sprechen. „Wenig genug Zeit lassen sie ihm zum Beten", murmelte Benediktus, und sein Blick streifte die kleine, aus Steinen gebaute Kirche, wo Patrick in diesem Augenblick weilte. „Er ist zu bedauern, so bestürmt, gequält und bedrängt wie er ist - Jungfrau des Himmels, da kommt gleich eine ganze Rotte!" Ein Rufen und Gemurmel von Stimmen war zu hören und ein Getrippel von Füßen, und eine kleine Gruppe von Männern und Knaben näherte sich im Lauf. Benediktus verriegelte den Eingang.

„Es segne euch der Sohn Gottes!" sagte er. „Was bringt euch hierher?"

„Ein Wunder", sagte der Wortführer der Gruppe, ein stämmiger, sonnengebräunter Bauer. „Ein Wunder, das am hellen Tage geschehen ist. Erst vor einer kleinen Weile waren wir damit beschäftigt - Flann, Ernan, Brian, Hugh und ich -, einen großen Menhir aufzurichten, der gestern abend quer über die Wagenrennbahn gefallen war. Wir hatten unsere ganze Kraft angespannt, ihn mit starken Eschenpfählen vom Wege aufzuheben, als wir ein klirrendes und klimperndes Getöse wahrnahmen - gleich den Hufschlägen eines Reiteraufzugs, der aus dem Raumlosen über uns herabkam. Wir hatten kaum Zeit, ein Augenlid zu erheben, da war ganz in unserer Nähe - über uns, könnte man sagen - ein ungeheures Pferd, weiß wie der Schnee auf den Berggipfeln, und auf dem Pferde saß rittlings ein Mann, riesengroß und leuchtend wie die Sonne - ich gebe dir mein Wort, sein Haar und sein Bart waren wie die goldenen Gefäße, die Patrick hat. Die Hufschläge des Pferdes hätten ein Erdbeben hervorrufen können. Der Reiter hielt das Pferd an. Es stand da, von seiner Mähne wie von einer Wolke eingehüllt - der Reiter beobachtete uns bei unserer Arbeit - und obwohl wir unser Bestes taten, regte der Stein sich nicht um eines Haares Breite von der Stelle. Der Reiter auf dem großen Pferde, der uns beobachtete, war wie ein mächtiger Engel vom Himmel, der niemals Menschen über einer Arbeit schwitzen sah - so schaute er uns zu. Und wir mühten uns mit ganzer Kraft und heißem Herzen. Zuletzt stieß er einen tiefen Seufzer aus und sagte: ‚Wehe uns! Daß die Welt zu solchen Schwächlingen entarten mußte! Ein junger Bursche hätte diesen Stein allein aufgerichtet, in jenen Tagen, die ich gekannt habe.' Und sich über seines Pferdes Nacken beugend, hob er den Stein mit einer Hand auf. Ein großer, vollkommener Anblick war es, ihn so zu sehen, in seiner ganzen Gestalt leuchtend, auf dem leuchtenden Pferde."

„Ein Dämon war es", rief Benediktus, „oder ein Fürst der Mächte der Luft, oder ein verruchter Zauberer!"

„Damit hast du recht", sagte der Mann, „ein Dämon war es sicherlich. Denn, siehe, der Sattelgurt riß, als er sich zu dem Stein hinunterneigte, und er kam mit einem Fuß auf den Boden - es ist möglich, daß Patrick den Weg segnete, denn als der Zauberer ihn berührte, fiel die schöne Gestalt von ihm ab, und er war nichts als ein alter, alter Mann in Lumpen und Fetzen und grauen Lappen."

„Es ist wirklich ein Wunder", sagte Benediktus, „ein merkwürdiges Geschehen." Er bekreuzigte sich.

„Wir möchten Patrick davon erzählen", sagte der Mann, „darum sind wir vor den anderen hergerannt. Wir möchten Patrick, den Heiligen, sehen."

„Patrick ist bei seinen Gebeten“, sagte Benediktus, „niemand kann ihn sprechen, bevor er von selbst kommt.“

„Aber die anderen sind schon unterwegs, den Dämon in der Gestalt eines alten, alten Mannes zu ihm zu bringen. Das Alter hat ihn blind gemacht. Sie wollen, daß Patrick ihn beschwöre und seine Zaubermacht banne. Alle, die bei uns waren, kommen mit ihm hierher!“

„Habt ihr auch das Pferd?“ fragte Benediktus.

„Wehe! Nein. Das Pferd erhob sich in die Luft und ging seines Weges, unsichtbar wie der Wind.“

„Es gibt Geschichten von solchen Pferden in alten Büchern“, sagte Benediktus. „Ich hätte es gern gesehen!“

„Du wirst den Dämon sehen, der es geritten hat, wenn du willst, denn siehe, das Volk bringt ihn hierher. Ernan und Hugh stützen ihn auf der einen Seite und die beiden Söhne Rossas auf der anderen.“

Benediktus konnte wirklich einen gebückten, grauhaarigen, alten Mann sehen, von großem Wuchs, geführt und gestützt von einer Menge, die sich um ihn drängte. Er dachte, es sei an der Zeit, Patrick zu rufen, und brachte seine Nachrichten in die kleine, aus Steinen gebaute Kirche. So kam es, daß die zweite Gruppe, als sie am Eingang des Klosterbezirkes mit der ersten zusammentraf, den heiligen Patrick vorfand, mit den Brüdern Aidan und Malachy.

„Es segne euch der Gott des Friedens, meine Kinder“, sagte Patrick, während seine Augen die Gestalt und die Schwäche des fremden Mannes maßen.

Als Patricks Stimme erklang, streckte der alte Mann sein Haupt und seine zitternden Hände vor.

„Ich möchte einen der führenden Männer sprechen“, sagte er, „ist hier eines Königs Sohn, oder ein Dichter, oder ein Druide?“

„Ich bin ein Druide des Einen Gottes“, sagte Patrick, „sprich zu mir.“

„Ich bin Usheen, der Sohn des Fionn, Sohn des Uail, Sohn des Trenmor, Sohn des Bassna“, sagte der alte Mann.

„Es ist ein Name aus alten Büchern“, sagte Bruder Malachy, „es gibt Geschichten von Fionn, der einst der Anführer der Fianna war.“

„Dieser dort ist ein Gestalten-Verwandler, ein Zauberer, ein böser Magier“, riefen Stimmen aus der Menge.

„Meine Kinder“, sagte Patrick, „das ist etwas, was erforscht werden muß. Ich will diesen Mann bei mir behalten und ihn befragen. Ihr aber geht sogleich zurück zu euren Feldern und zu euren Heimstätten.“

Die Menge zerstreute sich. Und der fremde, alte Mann wurde durch den Eingang geführt und über den mit einer Palisade bestandenen Erdwall, welcher die Gruppe von Hütten aus geflochtenen Zweigen und Ruten und die kleine aus Steinen gebaute Kirche des Klosterbezirkes umgab. In diesem Bezirke war ein grüner Rasenplatz mit einem Eichbaum. Ein Bündel süßduftender Binsen war am Fuße des Baumes aufgehäuft. Und der alte Mann wurde dorthin geleitet, damit er sich darauf setze.

„Lehne dich an den Eichbaum“, sagte Patrick, „und ruhe deine Schultern aus. Du mußt etwas essen und trinken. Und wenn deine Müdigkeit vorüber ist, würde ich gern von dir die Geschichte des seltsamen Geschehnisses hören.“

„Ich werde dankbar sein für Essen und Trinken“, sagte der alte Mann. „Ich habe weder Brot gebrochen noch Wein oder Wasser getrunken, seit ich wieder zu diesem Lande gekommen bin.“

Es wurde ihm Speise und Trank gebracht. Und als er geruht hatte, kam Patrick mit den Brüdern des Klosters zu ihm und sagte:

„Wir haben hier einen Schreiber. Er mag dieses Wunder aufschreiben für die Menschen, die nach uns kommen. Bist du in Wahrheit Usheen, der Dichter, der Sohn des Fionn? Bist du in Wahrheit von der Fianna, die vor so langer Zeit in Irland herrschte - in uralten Zeiten, deren kaum noch gedacht wird?"

„Ich bin wirklich von der Fianna. Und einst hat das Land uns gekannt. Wir glaubten, unsere Geschichte würde niemals untergehen in der Zeit. Wehe uns! Wir sind nur Staub im Winde!"

„Du wolltest uns erzählen, wie du hierher gekommen bist auf dem weißen Pferd", sagte Patrick.

„Ich muß zuerst erzählen, wie ich hinweggegangen bin", sagte Usheen. „Wir waren zusammen - Fionn und Keeltya und Goll und Oscar und ich - am weißen Strand, der eben und hart ist und geeignet für Pferderennen. Es war still dort und einsam, und die abendlichen Farben schlichen sich am Himmel herauf. Wir hatten uns soeben den warmen Wiesen zugewandt, als eine große, hohe Welle von Musik aus dem Meere herausbrandete, Musik, in der läutende Glocken ertönten und das Lachen von Harfensaiten und Chöre von süßen Stimmen, die sich vermischten im Gesange. Wir standen dort, wo die Musik uns eingefangen hatte, und lauschten.

Das Meer schäumte herein, und durch seine Wellen nahte eine Königin vom Faeryland. Sie ritt auf einem perlenweißen Pferd, in dessen geflochtene Mähne neun Äpfel aus Gold gebunden waren. Niemals war eine Königin so schön. Sie war schöner als die ersten Blüten des Frühlings.

Sie rief mich mit Namen an: ‚Usheen, Sohn des Fionn! Usheen, stolzer Sänger!' Ich hatte keine Stimme, ihr zu antworten. ‚Usheen', sagte sie, ‚mein Herz war schwer in Teer-nan-ogue. Es träumte von dir. Denn du hast es eingefangen mit der einschläfernden Süße deiner Gesänge. Hast du dich nicht immer danach gesehnt, mich einmal von Angesicht zu Angesicht zu sehen? Ich bin die unverwelkbare Schönheit. Ich bin Nee-av, des Meereskönigs

Tochter. Komm mit mir, komm mit mir! Verlasse die vergänglichen, belastenden Stunden und das blasse, sich ewig gleich bleibende Sonnenlicht. Leben hat tausend Farben. Sänger dauernder Gesänge, komm mit mir, komm mit mir, Usheen!'

Es gab weder ein heimatliches Land noch Verwandte für mich, da ich ihre Stimme hörte - kein Land, kein Meer, keinen Mond, keine Sterne. Ich bewegte mich auf sie zu. Eine schnelle Woge erhob mich und wir eilten zusammen, leicht wie der Wind, über die sich neigenden, schaumhellen Wellenkämme des Meeres.

Unter uns waren Wiesen, mit rubinroten und goldenen Lilien bestanden und Bäumen mit bernsteinfarbenen und honiggoldenen Früchten. Seltsame Tiere bewegten sich müde zwischen den Blumen und Bäumen, silbergefleckte Parder und Phönixe und Einhorne von der Farbe des Mondes. Paläste glitzerten neben uns, gewölbt und still, in tiefen Zauberschlaf versunken. Von ihren Türmen hingen Banner, die nie ein Wind bewegt hatte. Wir sahen eine rote Hindin, ganz in unserer Nähe, die sich bog im Lauf, ein weißer Hund folgte ihr. Wir sahen die langen, sich lösenden Flechten des Meervolkes hin und her gerissen in Wogentälern von der Farbe des Lapislazuli und des Malachits. Die blassen Gesichter sahen uns an und lachten.

Aber wie soll ich von Ter-nan-ogue erzählen - das jedwede Farbe der Schönheit hatte und jeden Herzschlag der Freude - das Land der ewigen Jugend? Ich weilte dort - und das ist etwas viel zu Gewaltiges für einen Sterblichen. - Und da ein Land, das Dunkelheit und Sturm hat, mich aufzog, kamen Gedanken zu mir an graue Himmel und an regengepeitschte und vom Wind entlaubte Bäume und an Fionns Haus, den weißen Palast von Aloon, mit den brennenden Kerzen und den Türen, die verschlossen sind gegen die Nacht, und an die Gefährten aus der Fianna, die in der freundlichen Wärme des Palastes verweilten. Ich dachte an Diarmid, der eine solche Unbeschwertheit des Herzens hatte, und an die Geschichten, denen er gelauscht hatte, und wie er seinen Tod fand durch den Eber von Ben Gulban. Ich hungerte nach dem Anblick Oscars, meines eigenen Sohnes, ich hungerte nach dem Schlachtenruf Fionns und dem Geklirr des Schwertes auf der Rüstung. Und diese ganze Sehnsucht wuchs in mir, und ich konnte sie nicht verbergen.

Dann sagte Nee-av: ‚Dein Herz ist wie ein Meeresvogel, der den Schlag der Wellen hört und den salzigen Wind in seinen Schwingen spüren möchte und den herabstürzenden Gischt. Sage mir, was ist es, was du ersehnst?' ‚Den Anblick Fionns', antwortete ich, ‚und den Anblick der Gefährten meiner Jugend!' ‚Wehe', sagte sie ‚sie sind längst zu Staub geworden in diesen vielen Jahrhunderten, ihre Namen sind kaum noch bekannt. Fremde schauen trockenen Auges auf die Ruinen ihrer Paläste und ihre Hügeldenkmäler aus aufgehäuften Steinen.' ‚Du scherzest', rief ich, ‚denn ich habe die Jahreszeiten nur in diesen drei Jahren werden und vergehen sehen, in welchen ich mit dir im Lande der Ewigen Jugend verweile.' ‚Es sind drei Jahre', sagte sie, ‚in Teer-nan-ogue, es sind drei Jahrhunderte und mehr nach dem Maße der Menschen.'

So wußte ich denn, daß ich niemals das Gesicht irgendeines Gefährten wiedersehen würde, aber mein Verlangen beruhigte sich nicht. Ein bitteres Sehnen erfüllte mich, die Hügel und steinigen Plätze Irlands wiederzusehen. Es erfaßte mich tiefer als das erste Sehnen, aber ich schämte mich, davon zu sprechen. Ich sagte: ‚Ich möchte die Gräber Oscars und Fionns sehen. Ich möchte einen Stein auf den Steinhügel legen, der Keeltya bedeckt, und einen auf den Steinhügel von Lewys Sohn.' ‚Wehe', sagte Nee-av, ‚du wirst nicht zufrieden sein, bis du gefühlt hast, wie dürr und arm und schutzlos in ihrer nackten Nüchternheit die Erdentage sind, wie kalt der Sonnenschein dort ist, wie spröde, wie hinfällig und wie bitter der Staub ist. Gehe denn! Das leuchtende, weiße Pferd wird dich tragen, leicht wie der Schaum des Meeres, leicht wie eines Vogels Feder, über Land und Wellen. Aber steige nicht ab von diesem Pferde, denn wenn du einen Fuß auf die Erde setzest, wird die Last aller Jahre dich befallen - die einkerkernde, schwere Last -, und niemals wieder werde ich dich erblicken, und niemals wieder wirst du Teer-nan-ogue sehen.‘

Siehe, während sie noch sprach, stand das weiße Roß neben mir und war voller Ungeduld aufzubrechen. Ich bestieg es und rief Nee-av mein letztes Lebewohl zu, und wir eilten, leicht wie der Wind, durch den Schaum und das Rauschen zaubervoller Meere, und durch ferne, leuchtende Lande, bis wir wieder zu den taubengrauen Gestaden und den von Wolken überschatteten Bergen Irlands kamen.

Wehe mir! Das Volk, das ich einst liebte, hatte es verlassen. Nirgendwo konnte ich irgendeinen Mann entdekken, der mir ähnlich gewesen wäre an Wuchs und Gestalt, nirgendwo konnte ich irgend etwas von Fionn erfahren. Sein Palast von Aloon stand nicht mehr im Licht der Sonne. Der Hügel, der einst mit ihm geprangt hatte, war der Vergessenheit anheimgefallen, und hatte nicht einmal die Grundmauern von Ruinen bewahrt - und auf allem lag ein kaltes Licht, und die Winde hatten einen klagenden Ton. ‚Ich will zurückkehren’, sagte ich, ‚nach Teer-nan-ogue, wo die Freude ist wie ein Quell, wo jeder Morgen herrlicher ist als der Tag, der zu Ende ging. Ich will zu Nee-av zurückkehren. Sie hat der Welt letzte Schönheit in sich hineingenommen, sie, die schöner ist als die Erinnerung an schöne Dinge.’

Hätte ich mich nur so beeilt, wie das ungestüme Roß es gern wollte! Ich aber zwang es, langsam zu gehen, damit ich um so länger die Ströme anschauen konnte, die ich kannte, und Täler, in denen ich gejagt hatte. Meine Augen erfreuten sich an diesen Plätzen. Ich hatte Freude an blutroten Moosen, die hier und dort aufleuchteten im Moor, und Freude an dem Blau der Seen. Ich war froh über das lange Gras auf üppigen Wiesenhängen, die zu den Flüssen abfielen. Sie waren übersät mit blühenden Schwertlilien, die goldgelb leuchteten in der Sonne. Und Bienen summten dort. Es war Sommer. Ich freute mich an den Wassern der Boyne, die sich langsam und raunend durch das blühende Ried bewegten. Ich lauschte dem Gesang der Lerche - ich, der die Vögel des Angus in Teer-nan-ogue gehört hatte.

Und so kam ich, immer noch zögernd, zu der Wagenrennbahn und zu dem Menhir und zu der Gruppe von winzigen, schwachen, mißgestalteten Männern, die sich bemühten, ihn aufzurichten. Das Ende meiner Geschichte ist dir bekannt."

„Alles geschieht durch den Willen Gottes", sagte Patrick, „du bist zu uns gesandt worden, auf daß wir durch dich vom Leben der vergangenen Zeiten dieser Insel erfahren, und auf daß du von uns lernest. Ich will dir vom wahren Gott erzählen."

„Erzählt mir von Fionn", sagte Usheen, „wenn einer von euch irgend etwas von ihm weiß."

„Ich hörte Gesänge und Geschichten über ihn in meiner Jugend", sagte Bruder Malachy, „und auch über Diarmid und Cunnaun und Oscar."

„Wenn du dich jetzt noch einer dieser Geschichten oder Gesänge erinnern könntest", sagte Patrick, „so würde das ein Trost sein für diesen Mann, gebrochen und gramgebeugt, wie er ist."

„Die Reime und Assonanzen der sich ineinander kunstvoll verflechtenden Gesänge habe ich vergessen, zu meinem großen Kummer! Ich wußte den ‚Kampf am Weißen Strand' einst auswendig - eine berühmte Geschichte war es, über einen harten, lange hinausgezogenen Kampf, den Fionn dort kämpfte, zusammen mit der Fianna von Irland. Sie kämpften gegen die Helden und Könige aus fernen Reichen der Welt, während die Wogen von allen Seiten auf ihre Füße herabstürzten und Tote und Lebende in die Tiefen zogen. Ich kann mich der Worte der Geschichte nicht mehr erinnern, es ist eine lange Erzählung. Aber Fionn überwand die Könige aus fernen Ländern und seine Helden trugen den Sieg davon.

Ich kannte auch die Geschichte von der Schlacht von Gowra, wo die Fianna ihr Ende fand im Kampf gegen den Hochkönig von Irland. Es ist eine Geschichte voller Trauerklagen und voll von Berichten über fallende, stolze Häupter und über edle Größe und ihren Untergang. Eine Klage ist darin, die Fionn sagte, als er Oscar sterben sah, dessen weißer Leib von Wunden bedeckt war:

‚Mein Glück erstirbt in deinem Sterben, Oscar,
stolzer Oscar - -'"

„Halte ein!" rief Usheen, „sage nicht die Worte dieser Klage. Ich bin nun zu alt, um Oscar, meinen eigenen Sohn, zu beweinen. Ein starker, kraftvoller Mann war Oscar - das Alter hat seine Stärke nicht ausgedorrt - ihm wurde der Klagegesang für einen Krieger gesungen, das laß gesagt sein.

Hat Fionn seinen Tod gefunden in der Schlacht?"

„Es wird nicht erzählt, daß Fionn irgendwo seinen Tod gefunden habe. Es wird erzählt, er sei jenen Göttern verwandt gewesen, die vor langer Zeit hier verehrt wurden, und er sei zu ihnen zurückgekehrt. Und wahrhaftig, etwas Seltsames hat einer meiner Jugendgefährten erfahren, als ich selbst noch jung war und noch keine Kunde und kein Wissen hatte vom wahren Gott. Er fand eines Tages eine Höhle in einem Hügelhang und ging hinein. Tiefer und tiefer ging er hinein, bis er zu einer großen Halle kam, in welcher Steinsitze und Nischen waren. Krieger, bärtig und ungeheuer groß - wie die

Riesen, von welchen die alten Leute zuweilen sprechen - saßen auf den Sitzen, alle in tiefen Schlummer versunken. Auf dem königlichen Sitz - in den die Bilder der Sonne und des Mondes hineingearbeitet waren und magische Zeichen und Schiffe und alte vergessene Dinge - saß einer, der das Aussehen eines Königs hatte oder eines hohen, edlen Helden, wie Sänger ihn preisen. Waren die andern schon groß, so übertraf er sie doch alle mit seiner Riesengestalt. Er war bärtig wie sie, und der gleiche Schlaf fesselte ihn an seinen Platz. Wahrscheinlich hatte er in manchem Kampf seinen Mann gestanden, denn seine Rüstung, in die auf kunstvolle Weise rennende Hunde und Drachen aus Gold hineingearbeitet waren, hatte Beulen und Waffenmale. Der Helm auf seinem Haupte war aus einem alten, weißen, schönen Metall, von welchem Mannus noch nie etwas gehört hatte. Ein großer, grüner Stein, grüner als eine Frühlingswiese, strahlte vorn auf dem Helm. Das Haar dieses Helden war von zweierlei Farbe, die Locken waren golden, so goldgelb wie die Blüten der Schwertlilie, und ihre Spitzen waren silbern wie eine Mondenflamme. Er hatte ein entblößtes Schwert auf seinen Knien. Der Griff des Schwertes war aus einem fremdländischen Material und mit goldenen Nägeln beschlagen -."

„Das war Fionn!" rief Usheen, „er hatte Silber in jeder Locke seines Haares seit jenem Tage, da das Weib aus dem See einen Zauber auf ihn legte. Sein Schwert hatte einen Griff aus dem Zahn eines Meertieres - wehe mir, daß ich nicht derjenige war, der die Höhle fand!"

„Wenig Gutes ist Mannus aus diesem Geschehnis erwachsen. Er fand seinen Tod durch einen weißen Stier innerhalb des gleichen Jahres - durch einen von den großen, weißen Stieren mit gebogenen Hörnern, die krachend durch die Bergwälder stürzen und über die unbebauten, öden Plätze jagen - und Mannus war noch jung - und stark und voller Lebenskraft."

„Du wolltest von der Höhle erzählen", sagte Patrick. „Was geschah da?"

„Mannus stand da und staunte. Und die großen Könige saßen da, stumm und bewegungslos. Sie hatten die Farbe und Frische der Lebenden. Man hätte sonst glauben können, sie wären seit tausend Jahren tot oder gar seit dem Anfang der Zeit. Mannus begann, ihre Rüstung und Schwertscheiden zu betasten, in welche rennende Hunde hineingearbeitet waren aus roter und weißer Bronze. Ein Horn aus Bronze war neben die Fußstütze des königlichen Sitzes gefallen, und Mannus hob es auf. Es war so schwer, daß er es kaum in beiden Händen halten konnte. Er führte es an seine Lippen, und es ertönte in einem tiefen, donnernden Klang. Die Könige fuhren aus ihrem Schlaf auf und riefen: ‚Fionn, Sohn des Uail, ist die Zeit gekommen?' Der große König auf dem königlichen Sitz öffnete seine Augen und schaute Mannus an. ‚Noch ist es nicht an der Zeit', sagte er. Da senkten die anderen ihre Häupter und versanken wieder in Schlaf. Aber der große König sah Mannus immer noch an. Seine Augen waren wie blaue Flammen. Und große Furcht überfiel Mannus, so daß er sein Gesicht mit den Händen bedeckte und aus der Halle rannte und strauchelnd den Eingang der Höhle erreichte.

Er stolperte ins Sonnenlicht und fiel nieder. Lange Zeit lag er so - Furcht hatte ihm die Kraft ausgesogen - und als er zu sich kam, schaute er nach dem Eingang der Höhle. Sie war verschwunden. Nicht die kleinste Spalte oder der unscheinbarste Riß waren zu sehen. Er durchsuchte den ganzen Hügelhang. Und mancher hat - wie er erzählte - ihn seither durchsucht. Aber keiner von allen hat jemals die Höhle gesehen oder neue Kunde von ihr erhalten."

„O Schwärze des Unglücks", rief Usheen aus, „daß ich alt bin und blind! Ich würde Irland durchsuchen nach der

Höhle, wenn ich nicht lahm und entkräftet wäre und ohne Augen, die sie zu sehen vermögen."

„Mein Sohn", sagte Patrick, „es ist vergeblich, den Kräften der Jugend zu vertrauen oder denen des Mannes. Sie sind nur wie Gräser oder blühende Riedhalme, die am Morgen grünen und gedeihen und am Abend abgeschnitten werden. Bleibe bei uns. Du sollst Ruhe haben und Obdach und Muße, über die Fianna zu sprechen. Unser Schreiber soll die Geschichten aufzeichnen. Und was dich angeht - es gibt manches, was du noch nicht weißt -"

„Eines weiß ich", rief Usheen aus, „Fionn lebt! Eines Tages wird sein Schlachtruf Freude bringen in die Hügel und in die Herzen der Menschen. Wenig bedeutet mir jetzt der Gedanke an Nahrung und Obdach. Es kümmert mich nicht, was für spärliche, ermüdende Jahre sich über mein Haupt hinwegschleppen werden. Weder angehäufte Jahre noch Stunden haben fortan einen Schmerz, den sie mir antun könnten. Ich bin graue Asche und erloschene Glut von jenem Feuer, das einst Usheen war. Und was ich an Geschichten erzählen kann, wird nur sein wie das Flüstern des Windes, dort, wo einst die rote Flamme bis zu den Sternen empor sang - es sei, wie du willst!"

Und so kam es, daß Usheen in dem stillen Kloster verweilte. Und die Mönche unterhielten sich mit ihm. Und der Schreiber zeichnete die Geschichten auf, die er wußte. Und Patrick erwog und besprach sie mit ihm - und wir, die nun die Geschichten haben, sind dankbar.

# Anmerkungen

| | |
|---|---|
| Balor | Gott des Todes und der Dunkelheit. |
| Brugh [Bru] | Haus, Palast, Burg. |
| Brughfer | Ein Mann, der vom Clan erwählt und beauftragt wurde, die Gastfreundschaft des Clans zu verwalten. Er wurde mit Rang und Besitztümern ausgestattet, um sein Amt ausführen zu können. |
| Dana (Dahna) | Die große Göttin, die Mutter der Götter. |
| Fianna | Eine Verbindung von Kriegern, die es sich zur Aufgabe machte, Irland zu schützen und zu verteidigen. |
| Fionn [Finn] | Der Weiße oder der Schöne. |
| Hydromel | Ein Gemisch von Honig und Wasser. |
| Lugh [Lu] | Der keltische Sonnengott. |
| Moy-Mell | Die Honig-Ebene, eine der keltischen „anderen Welten", in welcher Götter und zuweilen auch manche Verstorbene leben. |
| Ogham-letters (Oghams) | Zeichen einer Geheimschrift der Kelten. |
| Sowan (Samhain) | Keltisches Fest, das vom 29. Oktober bis zum 4. November währte. Der 1. November war der Hauptfesttag. |
| Teer-nan-ogue (Tir-nan-oge) | Das Land der Ewig-Jungen, eine der keltischen „anderen Welten". |
| Uail [U-al] | Der Vater des Fionn. |

In [ ] Aussprache. In ( ) andere Schreibweise.

# Inhalt

## Celtica im Mellinger Verlag

Celtica I

Ella Young

**Keltische Mythologie**

übersetzt von Maria Christiane Benning
2. Auflage, 130 Seiten, kartoniert

Celtica III

Ella Young

**Keltische Heldensagen**

übersetzt von Maria Christiane Benning
2. Auflage, 214 Seiten, kartoniert

Fiona Macleod

**Jona**

Ein Legendenkranz um die heilige Insel des Columba
übersetzt von Marie Louise Freiin von Hodenberg
3. Auflage, 192 Seiten, kartoniert

Cornelis Los

**Keltentum — Untergang und Auferstehung**

Die Altirische Kirche
Mit einem Beitrag von Dr. S. Charlotte Fiechter
192 Seiten, 12 Seiten Bildteil, verschiedenen Abbildungen im Text, Leinen mit Schutzumschlag

Band 7: Piper, Kurt

**Vom Lebendigen Wissen**

Herausgegeben von E. Froböse
148 Seiten, 2 Abbildungen, zweifarbiger Einband, kartoniert

Band 8: Oberkogler, Friedrich

**Das Wintermärchen von W. Shakespeare**

Eine geisteswissenschaftliche Studie
152 Seiten, zweifarbiger Einband, kartoniert

Band 9: Andree, Oskar

**Richard Wagners »Ring des Nibelungen«**

120 Seiten, zweifarbiger Einband, kartoniert

Band 10: Sichelschmidt, Gustav

**Goethe heute**

Ein Brevier für Unbehauste
76 Seiten, zweifarbiger Einband, kartoniert

Band 11: Glas, Norbert

**Amos Comenius**

Philosoph und Pädagoge des Arabismus
64 Seiten, zweifarbiger Einband, kartoniert

Band 12: Glas, Norbert

**Nero — Das Böse und seine Läuterung**

72 Seiten, zweifarbiger Einband, kartoniert